AF300356

BATILDE,

OU

L'HÉROÏSME

DE L'AMOUR,

DRAME

En cinq Actes & en Vers,

Par Mr. Dysembart de la Fossardrie.

Qui l'ignore eſt heureux: qui le dompte eſt illuſtre.
Henr. *Chant IX.*

A TOURNAY,

Chez Adrien Serre', Imprimeur & Libraire,
ſur la Place.

M. DCC. LXXV.

AVEC PERMISSION.

ACTEURS.

CLOVIS II. Roi de France.

ARCHAMBAUD, Maire du Palais, Amant de Batilde.

RANULPHE, Seigneur Auftrafien, Ami d'Archambaud, auffi Amant de Batilde.

GALSONTE, Sœur d'Archambaud.

BATILDE, Efclave, Fille d'Edmond.

EDMOND, Efclave, Pere de Batilde.

EMMA, Efclave, Amie de Batilde.

PLUSIEURS ESCLAVES.

SUITE DE COURTISANS.

GARDES ET LE PEUPLE.

La Scène eft au Palais
de Neuftrie.

ERRATA.

Page 13, 18, 27, 39, & généralement partout où fe trouve *Laquais*, lifez *Efclave*.
Page 37, Vers 1, au lieu de *Forçats*, lifez *Fripons*.
Page 43, au lieu des 2 premiers Vers, lifez ceux-ci:

> *Un Efclave, du Maire à l'inftant vint m'apprendre*
> *Qu'auprès d'Edmond, fon maître ayant daigné fe rendre,*

PREFACE.

BATILDE ayant été une des Reines qui ait le plus contri-
bué au bonheur de la France, & dont la mémoire paffée
de générations en générations fera toujours chére à fon peuple,
j'ai cru pouvoir, fans rifque d'aucun blâme, expofer fur la
Scéne les malheurs de fa vie, jufques inclufe l'heureufe époque
où fes vertus & fa beauté l'éleverent fur le Trône, & lui
acquirent les honneurs qu'elle avoit fi juftement mérités.

Les Auteurs ne conviennent pas unanimement de fon extraction, mais l'opinion la plus commune, eft qu'elle étoit iffue de
la Maifon Royale de Saxe qui, au raport de M. De Mézéray,
dans fon Hiftoire générale de France, regnoit en Angleterre
dans le fixiéme fiécle. Quoiqu'il en foit, fa captivité & les
malheurs qu'elle effuià jufqu'à l'heureux événement de fon
mariage avec CLOVIS II, Roi de France, font des faits
généralement reconnus, & l'on ne peut lui refufer l'éloge des
vertus qu'elle a pratiquées pendant tout le cours de fa vie,
qui l'ont rendue un exemple éclatant des qualités qui doivent
former l'ame d'une Souveraine, & qui lui acquirent en ce
monde la gloire d'être morte en réputation de fainteté, &
dans le Ciel la palme de l'immortalité bienheureufe.

Ayant lu dans une Anecdote hiftorique les malheurs & l'histoire de cette illuftre Princeffe, & n'y ayant rien vu qui
foit indigne de paroître fur le Théâtre, mais au contraire,
que la vertu récompenfée qui fait la principale régle du Poëme
dramatique, & qui doit toujours en faire le dénouement étoit
auffi l'heureux but qui arrêta le cours de fes infortunes, en-
hardi par le fuccès inattendu d'une piéce anonime de ma com-
pofition en ce genre qui parut il y a quelques années, j'ai
hazardé, plutôt pour occuper mon loifir, que par la vaine ambition de devenir Auteur, de tirer de cette Anecdote le fujet
du Drame que j'ofe aujourd hui préfenter au Public.

Je fuis cependant bien éloigné de me flatter du fuccès de
cette piéce : au contraire, je fuis perfuadé que les connoiffeurs
y trouveront plufieurs défauts, mais qui n'en a pas fait dans
ce genre? Et de tous les Auteurs dramatiques, tant anciens
que modernes, en eft-t-il un qu'on puiffe dire avoir été fidéle
& rigoureux obfervateur de toutes les régles que le Théâtre
prefcrit? témoin M. l'Abbé d'Aubignac, qui, dans fa pratique du Théâtre, ne fait mention d'aucune piéce même des

PREFACE.

plus célébres *Auteurs*, qu'il n'ait trouvée plus ou moins défectueuse. J'espére au moins de n'avoir point pêché contre la vraisemblance, qui est le fondement & l'essence de ce Poëme: en tout cas, l'histoire dont je n'ai pas voulu m'écarter sans nécessité doit faire ma justification.

L'unité du lieu se trouve observée dans cette piéce, en ce que toute l'action se passe dans le Palais de *Neustrie*, cependant, comme la variété plait toujours, & qu'il étoit essentiel qu'*EDMOND* blessé & retiré dans sa chambre, y découvrit à *ARCHAMBAUD* le mystère de son illustre naissance & de ses infortunes, cela fut cause que je n'ai point observé cette unité avec toute la rigueur qui se trouve prescrite pour la pratique du *Théâtre*.

Si cette piéce pour n'avoir pas été présentée à la censure de M M. de l'*Académie Françoise* n'avoit pas sur la Scéne tout le succès qu'on pourroit en attendre, j'ose me flatter au moins qu'on la lira avec plaisir. En tout cas je l'abandonne à sa destinée, & je me consolerai avec l'*Auteur* d'Adelayde du Guesclin, * à qui cependant je suis bien éloigné de vouloir me comparer, & avec nombre infini d'autres dont les Ouvrages n'ont point reçu d'abord du *Public* l'accueil favorable dont ils s'étoient flattés.

* M. De Voltaire.

BATILDE,

OU

L'HÉROÏSME DE L'AMOUR.

DRAME.

ACTE PREMIER.

Le Théâtre repréfente une des Salles du Palais.

SCENE PREMIERE.

BATILDE, EMMA.

EMMA.

BATILDE, dites-moi quel funefte préfage
Trouble depuis long-tems la paix de votre cœur?
Sans ceffe vous rêvez, & je vois la douleur
Empreinte dans vos yeux & fur votre vifage;
Qu'eft devenu ce tems où prompte à me chercher
Lorfque notre amitié fembloit fe relacher,
Vous étiez la premiere à rompre le filence
Où toujours librement & plein de confiance
Votre cœur dans le mien cherchoit à s'épancher?

BATILDE.

Emma, je vous admire, & suis même surprise
De voir avec quel ton, avec quelle franchise,
Sous un air affecté de joie & de repos,
Vous osez aujourd'hui me tenir ce propos.
C'est vous, qui depuis peu triste, mélancolique....,

EMMA.

Moi? triste, point du tout.

BATILDE.

　　　　　　　　　　Attendez je m'explique:
Hier, je vous vis encor d'un air mistérieux,
Le cœur plein de soucis, rongé d'inquiétude,
Chercher au fond du bois & dans la solitude
La paix que le destin vous refuse en ces lieux.
Enfin, puisque je vois dans votre contenance,
Dont vous voulez pourtant me cacher l'apparence,
Certain je ne sais quoi qui vous est étranger,
Emma, sur le motif qui peut vous affliger,
Je crois avec raison pouvoir user d'avance
Du même droit que j'ai de vous interroger.

EMMA.

Moi, feindre? pouvez-vous ainsi me méconnoître?
Je suis telle toujours que l'on me voit paroître,
Et ne croyez jamais que par malignité
Je voulusse à vos yeux cacher la vérité:
D'ailleurs, pour que mon cœur puisse ainsi se contraindre,
Il faut lui supposer un sujet de se plaindre;
Batilde, mon état est-il donc si touchant?
Comme vous sous les loix de ce maître indulgent,
Qui, tant par ses bontés que par sa bienfaisance,
A mille droits acquis à ma reconnoissance,
Loin de plaindre mon sort, dois-je point avouer,
Que j'ai plutôt cent fois raison de m'en louer?
Batilde, ainsi que moi vous devez le connoître,
Car vous n'avez jamais éprouvé sa rigueur,
Vous voyez qu'il nous aime, & que par sa douceur
Il rend notre esclavage aussi doux qu'il peut l'être,
Au point même qu'il m'est presque égal aujourd'hui
D'être libre ou servir un maître tel que lui.
Je crois à son égard que vous pensez de même?

BATILDE. *Froidement.*

Il est vrai qu'Archambaud a pour nous des bontés,
Et même des égards qui sont peu mérités.

EMMA.

Vous me répondez-là d'une indolence extrême:
Avez-vous un sujet de m'écontentement?

Epanchez dans mon fein ce fecret fentiment
Si je puis vous fervir....
BATILDE.
Emma, je vous rend grâce.
EMMA.
Vous favez qu'il n'eft rien pour vous que je ne faffe,
Qu'en toute occafion vous pouvez m'employer,
Et que pour vous mon cœur aime à fe déployer.
BATILDE.
Je vous fuis obligée, Emma, d'un fi grand zéle.
EMMA.
Puifque votre ame à moi refufe de s'ouvrir,
Voici l'heure à-peu-près où mon devoir m'appelle,
Batilde, je vous quitte & je vais le remplir.

SCÉNE II.

BATILDE. *Seule.*
LOrfque je puis ici me livrer à moi-même,
Tandis que j'y fuis feule excepté mon ennui;
Que n'ai-je le pouvoir & la force fuprême
De maîtrifer mon cœur, & de regner fur lui!
Mais vain effort! j'ai beau vouloir brifer ma chaîne,
Plus je veux m'arracher au penchant qui m'entraîne,
Plus ma foible raifon femble lui réfifter,
Plus auffi j'apperçois fa défaite certaine,
Et contre elle je fens mon cœur fe révolter,
Et bruler malgré moi d'un amour illicite.
Mais j'apperçois mon Pere, effayons, fi je puis,
De lui cacher la peine & le trouble où je fuis,
Et l'excès violent du tranfport qui m'agite.

SCÉNE III.

BATILDE, EDMOND.

EDMOND.
PRoſitant d'un moment dont je puis difpofer,
Ma Fille, auprés de toi je viens me repofer:
Mais pourquoi donc toujours te trouve-je rêveufe?
Pourquoi donc n'a-tu plus cette férénité,
Cet air, cet enjouement, cet aimable gaieté,

Par laquelle autrefois tu rendois moins affreufe
La perte & les regrets de notre liberté ?
Laiffe-moi gémir feul fur notre deftinée,
Batilde, c'eft à moi d'en fentir les horreurs;
Ah ! fi tu connoiffois ton fang & ta lignée,
Mais non, j'ajouterois encore à tes malheurs.
Pourquoi l'informerois-je au fein de l'infortune
De l'état de grandeur & de félicité,
Dont par le fort fatal je fus précipité,
Et dont le fouvenir m'afflige & m'importune ?

à part.

BATILDE.

Mon Pere, feul a part, pourquoi vous défoler?

EDMOND.

Approche-moi, ma Fille, & viens me confoler;
Au lieu de m'affliger, rappelle-moi ta Mere,
Ta Mere, dont le nom dès que je le proféte,.... *Il pleure.*

BATILDE.

Mais vous pleurez toujours, mon Pere, & vos douleurs ...

EDMOND.

Ma Fille, c'eft fur toi que que je verfe des pleurs,
En maudiffant le jour qui ta donné la vie.

BATILDE.

Quoique la liberté nous ait été ravie,
Mon Pere, dans le fein de la captivité,
N'ayant jamais joui de la félicité,
Ignorant votre rang ainfi que ma naiffance,
Sur lefquels vous gardez le plus morne filence,
Enfin, ayant appris à ne point regretter
Un état que peut-être il nous fallut quitter,
Je me fais de fervir une douce habitude,
Et fi votre fouci n'étoit caufe du mien,
Sans peine, fans chagrin & fans inquiétude,
Quelque fut mon état, je m'en trouverois bien.
Oui, fut-il mille fois plus dur, plus miférable,
Puifque je dois fubir cet état avec vous,
Mon Pere, pour Baltide il fera toujours doux
D'avoir part aux malheurs dont le fort vous accable,
Et mon fort à ce prix ne m'eft point odieux.

EDMOND.

Ma Fille, nous fervons, voilà l'image affreufe,
La trifte perfpective & la fin malheureufe
Que nous devons toujours avoir devant les yeux.
Pour moi qui fuis déja fur le bord de ma tombe,
A mes malheurs bientôt il faut que je fuccombe;
Déja fur moi la mort eut tiré le rideau,
Ton Pere dès long-tems, ma Fille, eut ceffé d'être,

Si fon amour pour toi ne l'avoit fait renaître,
Et ne l'avoit cent fois arraché du tombeau.
Oui, quoique le malheur fe plaife à me pourfuivre,
Ma Fille, c'eft pour toi que j'ai tâché de vivre.
Et que malgré les maux que j'ai déja foufferts,
J'ai des regrets encor d'abandonner mes fers.
Mais c'en eft fait : déja la mort qui m'environne,
Et ma foible nature auffi qui m'abandonne,
M'apprennant que bientôt il faut nous féparer :
Retiens les fentimens que je vais t'infpirer :
Retiens toujours de moi, quelque mal qui t'arrive,
Que l'honneur, la vertu doit être ton foutien,
Qu'en ces lieux fans amis, fans parens & captive,
Batilde doit toujours être exacte, attentive,
A n'avoir pour objet que ce qui tend au bien.
Oui, l'honneur, la vertu voilà ton héritage,
Le feul bien que je puis te laiffer en partage,
Et dont il m'eft encor permis de difpofer ;
Fais-en profit, ma Fille.

BATILDE.

            En pourrois-je abufer,
Mon Pere ? d'où vous vient ce doute qui m'offenfe ?
Mon cœur que votre amour a pris foin de former
Pour l'honneur, la candeur, la vertu, l'innocence,
S'oppofera toujours avecque violence
Aux attraits féducteurs qui voudroient le charmer.
Vous imiter en tout voilà ma feule envie,
Et s'il m'étoit permis de fouhaiter la mort,
Quand je verrai trancher le fil de votre vie,
Je voudrois avec vous fubir le même fort.
Mais que dis-je, mon Pere ! & quelle image affreufe
Je préfente à mon cœur déja trop allarmé !
Quoi ! vous, mourir ! non, non, vivez pour être aimé,
Si la vie aujourd'hui vous paroît odieufe,
Confervez-la du moins pour une malheureufe,
Et pour être toujours dans mon affliction
Mon apui, mon foutien, ma confolation.

EDMOND.

Batilde, auprès de toi je croiois me diftraire,
Mais j'éprouve à te voir un fentiment contraire,
Et je fens que nos cœurs enclins à s'affliger
Ne parviendront jamais à s'entre-foulager.
Je vais donc te laiffer défolée, abattue,
Déja par mes regrets mon ame combattue
Veut retarder l'inftant qui va nous féparer,
Mais j'ai caufé ton mal, je veux le réparer.
Ma Fille,... Adieu.

BATILDE.
Reftez!
EDMOND.
Viens, embraffe ton Pere;
Va, fi jufqu'à ce jour le fort nous fut contraire,
Ne t'en afflige point, foutiens-toi par l'efpoir
Que le feul vrai bonheur digne de t'émouvoir,
Ma Fille, tôt ou tard fera la récompenfe
Qui ne peut te manquer, & que la Providence
Qui tient toujours fur toi fes bienfaits fufpendus,
Te réferve à la fin pour prix de tes vertus.

SCÉNE IV.

BATILDE.
Que la joie ici bas eft courte & paffagére!
J'en jouïs un inftant à l'afpect de mon Pere,
Mais quel revers pour moi! falloit-il donc encor
Qu'il foit ici venu pour m'annoncer fa mort!
Qu'ai-je entendu! pour moi quel préfage terrible!
Que de maux accablans pour mon ame fenfible!
Et comment pourra-t-elle à la fin fupporter
Tous les coups que le fort fe plait à lui porter?
Encore, fi du moins dans ma douleur extrême
Ne pouvant parvenir à me vaincre moi-même,
Je trouvois un Ami fenfible à mon malheur
Digne de reçevoir le fecret de mon cœur...
Mais non, je le tairai, quoique je vive encore,
Cet amour déplacé, ce feu qui me dévore,
Si je ne parviens point à pouvoir l'étouffer,
S'éteindra de lui-même, & j'en veux triompher.
Soyons pour le cacher d'une prudence extrême,
J'entends du bruit, on vient, c'eft Archambaud lui-même,
Je tremble à fon afpect, Dieu foyez mon appui,
Que puis-je prétexter pour m'éloigner de lui?
(Elle fait quelques pas pour fortir)

SCÉNE V.

BATILDE, ARCHAMBAUD, RANULPHE.

ARCHAMBAUD, *à Batilde.*
BAtilde, dites-moi par quelle défiance
Vous avez foin toujours d'éviter ma préfence,

Quel motif **vous** éloigne à préfent de ces lieux?
Reftez ici.

BATILDE.

Seigneur, à l'afpect de fon Maître,
Le devoir d'une efclave eft de baiffer les yeux,
Mon état avec vous me défend de paroître,
Et ma témérité ne s'excuferoit point
Si j'ofois devant vous m'oublier à ce point.
Seigneur, à vous fervir le fort m'a condamnée;
Ne croyez point pour moi que ce fut un plaifir
En fortant de l'état pour lequel je fuis née
D'accepter un honneur qui me feroit rougir.
Sur mon état, Seigneur, je régle ma conduite,
De grace, laiffez-moi: fouffrez que je vous quitte.
(*Archambaud foupire ; & lui permettant par un figne*
de fortir, elle fort.)

SCÉNE VI.

ARCHAMBAUD, RANULPHE.

RANULPHE.

J'ignore fa naiffance & fon extraction,
Mais avec tant d'efprit, de beauté, de mérite,
Je ne puis fans pitié la voir ainfi réduite
A l'état malheureux d'humiliation...
Vous étant échappé de la foule importune,
De tous ces courtifans, de ces adulateurs,
Qui rampans à vos pieds, par des déhors flatteurs
Viennent auprès de vous adorer la fortune,
Lorfque feul avec moi, cette chambre à l'écart
Vous permet de parler librement & fans fard,
Et de bannir de vous cette importune crainte
Qui vous donne à la Cour certain air de contrainte;
Enfin, à votre ami confierez-vous, Seigneur,
D'où vient que dans un pofte au fein de la grandeur,
Lorfqu'à ce point le Roi vous chérit, & vous aime
Qu'il partage avec vous l'autorité fuprême,
Q'uaucun projet par lui n'eft jamais arrêté
Que davance avec vous il ne l'ait confulté,
Enfin, prefque élevé jufqu au fommet du trône,
D'où vient qu'à la douleur votre cœur s'abandonne,
Et que vous confervez dans le fein du bonheur
Un air trifte qui femble annoncer le malheur?

Aux faveurs de la Cour feriez-vous infenfible ?
    ARCHAMBAUD.
Non, mon cœur en reçoit toute l'impreffion ;
Mais quoique rien ne manque à mon ambition,
Avouez moi, Ranulphe, eft-il donc impoffible
Qu'outre cela mon cœur foit encor fufceptible
Des fentimens qu'infpire une autre paffion ?
Le bonheur dépend-t-il d'une vaine opulence ?
Dans le fein des honneurs eft-on toujours heureux ?
   RANULPHE. *Après un moment de filence.*
L'attachement du peuple & la reconnoiffance,
Seigneur, peuvent encore avoir part à vos vœux.
    ARCHAMBAUD.
Je crois qu'à mon malheur votre ame s'intéreffe.
    RANULPHE.
Oui, bien fincérement.
     ARCHAMBAUD.
      Sachez-donc ma foibleffe,
Sachez que le tourment que je foufre en ce jour,
Eft le funefte effet d'un malheureux amour.
    RANULPHE.
De l'amour?
    ARCHAMBAUD.
   Mon aveu vous met dans la furprife.
    RANULPHE
Sans doute : fe peut-il qu'infenfible à vos vœux,
Quelque foit la beauté dont votre ame eft éprife,
Elle ofat dédaigner votre amour & vos feux ?
Certes, vous m'étonnez d'une étrange maniére,
Car d'entre les beautés qui parent votre Cour,
Peut-il s'en trouver une affez haute, affez fiére ?
Seigneur, qui, prévenue un peu de votre amour
N'oferoit librement s'honorer la prémiere
De répondre à vos feux par un tendre retour..
A vos défirs, enfin, je vois tout correfpondre,
On vous aime, Archambaud, & je puis en répondre,
A moins qu'à la beauté qui vous fait foupirer
Votre cœur n'ait encore ofé fe déclarer.
    ARCHAMBAUD.
Jufqu'ici, mon amour malgré fa violence,
Ranulphe, fe forma, s'accrut dans le filence
Mais quelque foit le feu dont je me fens bruler,
Je veux plutôt mourir que de le révéler :
Seul digne confident des fecrets de mon ame,
Jugez fi mon filence eft digne qu'on le blâme,
Si fans me prévaloir de mon autorité,

Je ne dois point plutôt cacher la vérité?
Sachez donc que l'objet qui m'attache à la vie,
Celle qui sous ses loix tient mon ame asservie,
C'est l'esclave qui ici...

RANULPHE.

Batilde? quoi! Seigneur...

ARCHAMBAUD.

D'elle seule ici bas dépend tout mon bonheur.
Ranulphe, je l'avoue à votre ame surprise
Oui, c'est-là la beauté dont mon ame est éprise,
Auprès de qui je suis sans force & sans pouvoir,
Et dont le seul aspect suffit pour m'émouvoir.
Je ne me cache point au fort de mon délire
Tout ce que mon devoir, ma raison peuvent dire;
Autant que je le puis, à chaque instant du jour
Par différens moyens je combats mon amour :
Mais ce fatal penchant qui toujours me surmonte
L'emporte contre tout, & mon raisonnement
Ne fait à chaque instant qu'accroître encor ma honte,
Mon erreur, ma foiblesse & mon égarement.
Étonnez-vous encor de me voir aussi sombre ?
En quelque lieu que j'aille, elle est par-tout mon ombre
Je crois toûjours la voir & loin de la bannir
Loin d'elle, je me plais à m'en entretenir.
Bien souvent, le cœur plein de mon amour extrême,
J'ai conçu le projet de lui parler moi-même
Pour la rendre sensible, & lui faire sentir
Les peines, les tourmens qu'elle me fait souffrir :
Mais envain ; quand je suis auprès de mon idole,
Sur mes levres je sens expirer ma parole,
Mon cœur à son aspect se trouble, s'interdit,
Et le Maire tremblant ne fait plus ce qu'il dit.
Enfin tel est mon sort : mais qui pourra le croire,
Si plus tard cet amour vient à ternir ma gloire,
Qu'un Maire du Palais, le seul après le Roi
Dont le peuple adoroit & respectoit la loi
Qui croira de sa part une telle foiblesse,
Que son cœur désarmé, vaincu par la tendresse,
Une Fille, une esclave aux yeux de l'univers
Auroit pu parvenir à lui donner des fers.
De ses attraits Batilde ignore la puissance,
Et sa timidité prouve son innocence;
La crainte devant moi la trouble, la saisit,
Le désordre paroit dans tout ce qu'elle dit
La rougeur de la honte anime son visage
Et ce teint l'embellit encore d'avantage

En un mot, ſes appas ont captivé mon cœur,
Ranulphe, & ce ſont eux qui font tout mon malheur....
Quel triſte ſort pour elle, & quelle deſtinée !
Faut-il qu'à me ſervir elle ſoit condamnée !
Son vrai nom m'eſt caché, je n'en ſoupçonne rien,
Mais quelque ſoit le ſang dont Batilde ſoit née,
Je veux être toujours ſon appui ſon ſoutien :
C'eſt tout ce que l'honneur permet à ma tendreſſe,
Et bién loin d'abuſer de mon autorité,
Elle, & ſon Pere auſſi pour qui je m'intéreſſe
Seront bientôt par moi remis en liberté :
Leurs maux m'étant communs & ſouffrant de leurs peines,
Ranulphe, dès ce jour je veux rompre leurs chaînes,
Et tous deux affranchis, je veux que déſormais
Ils ne ſoient enchaînés que par mes ſeuls bienfaits :
Tel eſt mon ſentiment, vous l'approuvez ſans doute?...
Vous ne répondez point?

RANULPHE.
Seigneur, je vous écoute.

ARCHAMBAUD.
J'ai tout dit, répondez.

RANULPHE.
A ce trait de grandeur
Je reconnois d'Ega le digne ſucceſſeur,
Mais puiſqu'à mon avis votre ame ſe réfere,
Soutenant votre rang & votre caractère,
Feignez qu'un ſeul motif de généroſité
Vous inſpire pour eux cet acte de bonté,
Gardez que votre amour ſur-tout s'y faſſe entendre.

ARCHAMBAUD.
Ranulphe, vous ſemblez me faire ici la loi ;
A votre ton ſévére aurois-je dû m'attendre?

RANULPHE.
Je n'ai rien dit ici qui puiſſe vous ſurprendre,
Seigneur,...

ARCHAMBAUD.
J'en ſais aſſez, allez & laiſſez-moi.

SCÉNE VII.

ARCHAMBAUD. *Seul.*
Quelle ſévérité ! quel ſilence farouche !
Chaque mot avoit peine à ſortir de ſa bouche
Qu'en augurer ? je crois par un revers fatal
D'avoir dans mon ami rencontré mon rival,

Du moins je le crains fort .·.. mais quoi qu'il en puisse être,
Je vais pour mon repos, pour ma tranquillité
Tenter tous les moyens & chercher à connoître
Si mes soupçons sont loin de la réalité.

SCÉNE VIII.

BATILDE, EMMA.

EMMA.

QUe j'attendois, Batilde, avec impatience,
L'inftant qui nous raffemble & dont je vais jouïr,
Où mon cœur fans contrainte & plein de confiance
Devant vous librement pourra s'épanouïr ...
Dans l'état où je fuis vous me voyez réduite
A la merci des maux & de l'affliction,
Mon amitié pour vous qui pour moi follicite
Demande feulement que votre ame s'acquitte
Des devoirs qui font dus à la compaffion :
(*Elle regarde de tous côtés.*)
Il n'eft perfonne ici qui pourroit nous entendre,
Batilde, plaignez-moi.   (*Elle pleure.*)

BATILDE

D'où viennent vos douleurs ?
Qui peut vous affliger ? Emma, daignez m'apprendre
La caufe, le fujet qui fait couler vos pleurs.

EMMA.

J'étois, vous le favez, fombre, trifte & chagrine,
Je rêvois fans favoir même à quoi je rêvois,
Je ne me plaignois point des tourmens que j'avois
Dont j'ignorois encor la caufe & l'origine :
Vous reffouvenez-vous du dernier entretien,
Où fur le même objet ...

BATILDE.

Eh bien, ma chere ?

EMMA.

Eh bien ?
Depuis lors à mon cœur rongé d'inquiétude
Je fis fubir, Batilde, un examen fi rude,
Que je fuis parvenue enfin à découvrir
L'origine d'un mal qui me fera mourir.

BATILDE.

Queft-ce donc ?

EMMA.

C'eft l'amour, ou plutôt c'eft le crime

Car je ne penfe pas que feroit légitime
Le défir qui me fait le porter affez haut
Pour vouloir afpirer à l'amour d'Archambaud.

BATILDE.

Vous l'aimez?

EMMA.

Oui je l'aime, & l'ardeur qui me preffe,
Depuis affez long-tems lui prouve ma tendreffe,
Que ne fuis-je affurée hélas qu'à mon amour
Il correfpond auffi par un tendre retour!

BATILDE.

Mais il vous aime auffi, fans doute?

EMMA.

Je m'en flatte.
(*Batilde fort.*)

SCENE IX.

EMMA.

QUe votre confcience eft tendre & délicate!
Ne m'abandonnez-pas, mon cœur eft confondu
D'avoir par cet aveu bleffé votre vertu,
N'eft-il pas du devoir d'un ame bienfaifante
D'aimer à foulager l'Humanité fouffrante?...
Mais elle eft déja loin; viendra peut-être un jour
Où fon cœur plus humain, plus tendre & plus fenfible,
Des mêmes maux auffi devenu fufceptible,
Sentira comme moi les effets de l'amour.
(*Elle fort.*)

SCENE X.

ARCHAMBAUD.

J'Ai découvert enfin, j'ai pénétré qu'il aime,
Le fuivant pas-à-pas, mais bien adroitement,
Sans en être apperçu, fans qu'il s'en doute même,
Je l'ai vû traverfer d'une viteffe extrême
Le chemin qui conduit à fon appartement.
Non, je n'en doute plus, ma jufte jaloufie
A l'inftant, par mes yeux vient de s'être éclaircie;
Ranulphe eft amoureux, Ranulphe eft écouté,
Et j'éprouve moi feul toute fa cruauté.

Elle dédaigne donc l'amour que je lui porte,
Mais ma juste fureur n'en sera que plus forte.
Loin de les protéger, loin de les affranchir,
Sous le poids des travaux je saurai les punir;
Je veux que déformais au milieu des entraves
Ils soient tous deux au rang de mes plus vils esclaves,
Je veux que le travail le plus humiliant
Leur rappelle leur être, ou plutôt leur néant.
Eloignons pour toujours Batilde de ma vue ...
Je fens à ce projet mon ame toute émue; ...
Quoi, lorsque sur mon cœur elle a tant de pouvoir
Je pourrois confentir à ne plus la revoir!
Je m'en voudrois affez pour punir ce que j'aime,
Frapper ce qu'on chérit c'eft fe frapper foi-même;
Non, fon fouvenir feul défarme mon tranfport,
Ses larmes fuffiroient pour me donner la mort.
Batilde, pardonnez à mon ame offenfée
D'avoir pu concevoir cette horrible penfée;
De vous, de votre cœur vous pouvez difpofer,
Et bien loin que je tente à vous tyrannifer,
Je vais vous affranchir & n'en veux plus démordre.
Holà! quelqu'un.

UN LAQUAIS.

Seigneur, j'attends ici votre ordre.

ARCHAMBAUD.

Va vite chez Edmond, dis qu'il vienne à l'inftant,
Et que pour lui parler fon Maître ici l'attend.
Ne tarde pas au moins, & cours en diligence.

(*Le Laquais fort.*)

Puifque de mon amour malgré fa violence,
Son cœur jufqu'à préfent à repouffé les traits,
Lorfque ma main aura figné la délivrance,
Voyons fi fes vertus, ou fa reconnoiffance
La rendront à la fin fenfible à mes bienfaits.

SCENE XI.

ARCHAMBAUD, EDMOND.

EDMOND.

A Vos ordres, Seigneur, je viens ici me rendre.

ARCHAMBAUD.

Je vous fis appeller, Edmond, pour vous apprendre

Que les rares vertus de Batilde & de vous
Vous méritant un sort plus heureux & plus doux,
Je vais vous affranchir tous deux :

EDMOND.

Est-il possible ?
(*Il pleure.*)

ARCHAMBAUD.

Mais pourquoi pleurez-vous ?

EDMOND.

Jusqu'à ce jour, Seigneur,
Je n'avois pas connu tout l'excès du malheur,
Je l'éprouve à présent, & mon ame sensible...

ARCHAMBAUD.

Calmez-vous donc.

EDMOND.

Pardon s'il ne m'est pas possible.
Au milieu de la peine & du plus juste effroi
De répondre aux bontés que vous avez pour moi ;
Je n'en puis profiter.

ARCHAMBAUD.

Mais je m'impatiente.

Et pourquoi donc ?

EDMOND.

Ma Fille...

ARCHAMBAUD.

Eh bien ?

EDMOND.

Est expirante.

ARCHAMBAUD.

Batilde ?

EDMOND.

Est sans parole, elle est sans mouvement,
Et je crois qu'elle touche à son dernier moment.

ARCHMBAUD.

(*á part.*)
Juste Ciel !

EDMOND.

Vous vouliez la rendre fortunée,
Seigneur, mais à mourir le sort l'a condamnée.

ARCHAMBAUD.

(*A part.*)
Le même coup, je crois, me donnera la mort,
Mais tâchons à ses yeux d'adoucir mon transport.

EDMOND.

Ayez pitié, Seigneur, d'un Pere misérable !

ARCHAMBAUD.

Je prends part au malheur dont le fort vous accable,
Edmond, mais favez-vous d'où procéde fon mal?

EDMOND.

A vous dire le vrai, non, Seigneur, je l'ignore,
Excepté qu'un chagrin auquel nul n'eft égal,
Qui depuis quelque tems la ronge & la dévore,
N'ait caufé fourdement fon accident fatal.
C'eft tout ce que j'en fais.

ARCHAMBAUD. (*A part.*)
Moi, je fais autre chofe,
Son amour pour Ranulphe en eft la feule caufe.

EDMOND.

D'elle même cent fois j'ai tenté d'arracher
La caufe du chagrin qu'elle veut me cacher,
Ce fut en vain ; toujours obftinée à fe taire,
De fa mélancolie elle fait un myftère,
Ce matin même encore allant pour lui parler
J'ai vû malgré fes foins, fes pleurs prêts à couler.
Enfin, je vais toucher à ce terme funefte,
Où ma Fille aujourd'hui le feul bien qui me refte,
Va me dire en mourant un éternel adieu.

ARCHAMBAUD.

Ne perdons point de tems, abandonnons ce lieu,
J'efpére qu'exaucé par le Ciel que j'implore,
Bientôt rendus tous deux à fon appartement,
A fon mal tel qu'il foit, s'il en eft tems encore,
Nous pourrons apporter quelque foulagement.

FIN DU PREMIER ACTE.

ACTE II.

SCENE PREMIERE.

ARCHAMBAUD.

Quel fpectacle frappant pour mon ame fenfible !
Comment a-t-elle pu fe faire un tel effort ?
Cet afpect douloureux m'eut-il paru poffible ?
Quoi ! j'ai pu voir Batilde en cet état horrible,
Son front déja couvert des ombres de la mort,
J'ai pu voir aux travers d'une humide paupiére
Ses beaux yeux fur mon cœur autre-fois fi puiffans
Tous prêts à fe fermer au jour à la lumiére
Jetter encor fur moi des regards languiffans,
Et je refpire encor !…Si malgré ma tendreffe
A fes derniers regards j'ai pu me dérober,
C'eft par crainte où j'étois que prêt à fuccomber
L'on eut attribué ma mort à ma foibleffe,
Si du même coup qu'elle on m'avoit vu tomber.
Voilà l'événement auquel je dois m'attendre ;
Mais Galfonte paroît, que vient-elle m'apprendre !

SCENE II.

ARCHAMBAUD, GALSONTE.

GALSONTE.

A Votre efprit, Seigneur, par la crainte agité
Je viens rendre le calme & la tranquillité,
Quand vous crûtes tantôt Batilde agonifante,
Votre cœur me parut s'attendrir fur fon fort.

ARCHAMBAUD.

Il eft vrai.

GALSONTE.

La croyant aux abois de la mort,
Votre ame à fon état plus que compatiffante,
Ne put pas plus long-tems foutenir fon tranfport:

ARCHAMBAUD.

Oui, ma fœur; eh bien donc, nous éft-elle ravie?

GALSONTE.

Au contraire, Seigneur, je m'empreffe & j'accours
Vous dire qu'à préfent rappellée à la vie,
Elle eft hors du danger qui ménaçoit fes jours.

ARCHAMBAUD.

A ce promp changement je n'aurois pu m'attendre:

GALSONTE.

Oui fa convalefcence a droit de vous furprendre;
Mais moi qui quelque-fois me trouve dans ce cas,
D'un retour fi fubit je ne m'étonne pas.

ARCHAMBAUD.

A-t-elle recouvré l'entiere connoiffance
L'efprit, le jugement?

GALSONTE.

Oui, Seigneur, tout-à-fait,
Et je crois qu'à l'inftant vous en verrez l'effet.
De vos bontés encore elle a réminifcence,
Et le cœur pénétré d'un fi doux fouvenir,
Elle vient à pas lents ici vous reconnoître.

ARCHAMBAUD.

Quoi! fitôt?

GALSONTE.

Dans l'inftant vous la verrez paroître,
Et je viens tout exprès pour vous en prévenir;
Retournez-vous, voyez fi je vous en impofe.

SCENE III.

ARCHAMBAUD, GALSONTE, BATILDE

Soutenue par Emma & marchant à pas lents. EMMA,

EDMOND.

ARCHAMBAUD.

ESt-il poffible! ô Ciel! quelle métamorphofe!
Comment eft-ce bien vous, Batilde, que je vois!

B

Arrachée à la mort & fitôt rétablie ?
     BATILDE.
Oui, moi-même, le Ciel me rappelle à la vie,
Pour vous rendre, Seigneur, tout ce que je vous dois.
     ARCHAMBAUD.
Vous ne me devez rien :
     BATILDE.
       Votre ame généreufe
Compte pour rien, Seigneur, d'avoir brifé nos fers,
Mais notre liberté nous eft fi précieufe,
Que fuffions-nous en bute au plus grand des revers,
Avec elle je vais me croire plus heureufe
Qu'avec tous les tréfors de ce vafte univers.
Puis donc qu'à ce moment votre ame bienfaifante
Vient de nous procurer la fource du bonheur,
Me croyez-vous, Seigneur, affez méconnoiffante
Pour ne point vous payer le droit que fur mon cœur
Vous venez d'acquérir par votre bienfaifance ?
     ARCHAMBAUD.
Batilde, affurez-vous que la reconnoiffance
Que doit avoir celui qui reçoit un bienfait,
Eft un droit qui toujours eft acquitté d'avance,
Lorfque le bienfaiteur a mis fa récompenfe
Dans le doux fouvenir du plaifir qu'il a fait :
Aimez-moi feulement, c'eft le prix qu'ofe attendre...

<hr>

SCENE IV.

LES ACTEURS PRÉCÉDENS, UN LAQUAIS.

LE LAQUAIS *à Archambaud.*
AUx ordres de Clovis, Seigneur, il faut vous rendre,
 Sa Majefté demande à vous entretenir,
Et de fa volonté je viens vous avertir.
     ARCHAMBAUD *à part.*
Quel facheux contre-tems, quelle affaire imprévue
M'appelle auprès du Roi ! mon ame en eft émue.
(Au Laquais) (à Batilde)
Je vous fuis : fans regret je ne puis vous quitter,
Mais les ordres font là, je dois les refpecter.

SCENE V.

BATILDE, EDMOND, GALSONTE, EMMA.

EDMOND.

MAdame, agréez-vous que rompant le silence,
Je vous assure aussi de ma reconnoissance ?
Depuis qu'en ce Palais nous fumes transportés,
Je sais combien ma fille eut part à vos bontès.
Ce que vous avez fait pour adoucir ses peines,
Et rendre plus leger le fardeau de nos chaînes;
Combien l'humanité vous a parlé pour nous.
Enfin, tous les secours que nous trouvions en vous
Ont eu tant de pouvoir, tant d'effet sur mon ame,
Ont fait sur mon esprit si grande impression,
Que mes remercimens manquant d'expression,
J'en demeure interdit & confondu.

BATILDE.

Madame,
Si quelqu'un a sujet de vous remercier,
C'est bien moi, je l'avoue, & ne puis l'oublier;
Vous fites plus pour moi que la plus tendre mere
Ne fit pour son enfant & ne fera jamais:
Votre cœur bienfaisant...

GALSONTE.

C'en est assez, ma chere.

BATILDE.

Non, Madame, je veux publier vos bienfaits.
Et pour prouver encore avec plus d'évidence
Jusqu'à quel point s'étend notre reconnoissance,
Aujourd'hui que de nous nous pouvons disposer,
Ecoutez ce qu'ici j'ose vous proposer.
De notre liberté vous faisant sacrifice,
Madame, acceptez-moi seule à votre service,
Mon pere ici présent ne me dédira pas :
Puisque sa gratitude est égale à la mienne,
Qu'il connoit ma pensée & que je fais la sienne,
Je veux dès ce moment jusques à mon trépas,
Pour autant qu'à mes vœux votre vouloir défére
Ne vous quitter jamais que quand de mon secours,
Il pourra survenir qu'aura besoin mon pere;
Heureuse si mes soins autant que je l'espére

Pouvoient contribuer à prolonger fes jours.
Sans moi, qui prendroit foin de fa trifte vieilleffe?
GALSONTE.
Ce fentiment pour vous augmente ma tendreffe,
Batilde, oui j'y confens, vous refterez ici,
Et votre amie Emma que j'affranchis auffi.
S'il fe mêle à mes jours quelque peine legére,
Vous pourrez toutes deux aider à me diftraire;
Je n'aurai déformais plus rien à vous cacher,
Et vous verrez mon cœur bien loin de fe fouftraire,
Dans le fein de vous deux chercher à s'épancher.
BATILDE.
Madame, dans un rang où tout plaifir abonde,
Qui vous affligeroit?
GALSONTE.
Ma fille, dans ce monde
Vous ne connoiffez point les fombres profondeurs
Des maux qui font cachés fous l'éclat des grandeurs;
Ainfi que fon plaifir chaque état a fa peine:
Mais celle que le rang ou la fortune entraine
Eft toujours plus fenfible. Enfin vous le verrez,
Batilde, & vous auffi vous me confolerez.
EMMA.
Eh qu'eft-ce que je puis?
GALSONTE.
Mais quand je vous obferve,
D'où vient depuis tantôt certain air de réferve
Qui témoigne entre vous du refroidiffement?
Batilde, dites-moi, pourquoi ce changement?
Qu'auroit donc fait Emma qui puiffe vous déplaire?
BATILDE.
Rien.
GALSONTE.
Ce monofilabe eft froid, fec & févére;
Se peut-il que déja vous auriez oublié
Ce que pour vous tantôt a fait fon amitié
Pour vous reffufciter & vous rendre à la vie!
BATILDE.
Non, Madame.
GALSONTE.
Eh bien donc embraffez votre amie:
(Emma court au-devant de Batilde, & l'embraffe)
Fort bien, que je ne voie entre vous déformais
Que marque d'union, de concorde & de paix:
Dans cet efpoir je fors, & je vous laiffe enfemble.

SCENE VI.

EDMOND, BATILDE, EMMA.

BATILDE.

QUe de bontés pour nous ! qu'eſt-ce qui vous en ſemble,
Mon pere ?

EMMA.

Que de traits de généroſité !

EDMOND

Emma, j'aurois beſoin de parler à ma fille ;
Je ne puis cependant ſans incivilité , ...

EMMA!

Je vous entends, Edmond, je vous laiſſe tranquille,
Et me retire ; adieu, parlez en liberté.

SCENE VII.

EDMOND, BATILDE.

EDMOND.

QUand nous ſommes à peine hors d'un triſte eſclavage,
Ma fille , deviez-vous lui tenir ce langage ?
Et pourquoi lorſqu'ici tout nous eſt odieux
Semblez-vous regretter d'abandonner ces lieux !
Quoi ! vous verriez encor ſans vous faire de peines
Ce ſéjour plein d'horreurs où nous portions des chaînes,
Où juſqu'à ce moment par notre état flétris,
Nous étions tous les jours expoſés au mépris !
Quoi ! la néceſſité de cette ſervitude
Dont vous vous étiez fait une douce habitude,
Auroit ſuffit, ma fille, en changeant votre cœur,
Pour étouffer en lui tout ſentiment d'honneur !
Peu ſatisfaite encor de votre ſeul hommage,
Me ſuppoſant un cœur auſſi vil, auſſi bas,
Vous répondez pour moi que juſqu'à mon trépas,
Par ma reconnoiſſance envers eux, je m'engage
A ne plus les quitter : hèlas ! ma fille , hélas !
Qu'êtes-vous devenue ? Autre-fois la premiere
Vous auriez préféré la plus triſte chaumiére,
L'endroit le plus obſcur & le moins habité,

Comme un féjour de paix & de tranquillité,
A ce Palais brillant où le bruit de nos chaînes
Semble encor retentir dans les voutes prochaines,
Et porter alentour l'écho de nos malheurs
Dont le feul fouvenir m'arrache encor des pleurs...
Va, refte, rampe, fers, fois ici fous un maître;
J'irai, j'irai moi feul, mourir hors de ces lieux;
En attendant la mort, loin d'un féjour affreux,
Dans la tranquillité je pourrai me repaître
Du plaifir le plus pur, le plus délicieux,
Crois-tu donc qu'à ce trait te remettroit ta mere?
Qu'elle eft heureufe, hélas! d'être morte :

BATILDE.

Ah! mon pere!

Pouvez-vous à ce point me déchirer le cœur?
Depuis quand trouvez-vous que mon ame avilie,
Infenfible à la honte, au blâme, au deshonneur,
Auroit pu fe livrer à cette ignominie
Que vous me fuppofez, que la vérité nie,
Et dont le feul foupçon révolte ma pudeur?
J'avois cru qu'accablé d'une trifte vielleffe,
Mon pere, vous pouviez fans honte & fans baffeffe
Profiter des bontés d'un maître généreux,
Qui ne veut employer fes biens & la richeffe,
Qu'au feul plaifir qu'il a de faire des heureux.
Sans fortune, fans biens, que prétendez-vous faire?
A la néceffité qui pourra nous fouftraire?
Tous deux abandonnés, fans amis, fans fecours,
Peut-être devrons-nous finir nos triftes jours
Dans la mandicité.

EDMOND.

Confole-toi, ma fille,

Nous nous renfermerons tous deux dans un afyle
Où nous refpirerons le bonheur & la paix:
Là, goutant un plaifir toujours pur & tranquille,
Contens de notre état, & tous deux fatisfaits,
Toujours la bêche en mains j'apprendrai la culture,
Dieu qui veille aux befoins de toute la nature,
De la terre pour nous entre-ouvrira le fein,
Et nous y trouverons affez de nourriture
Pour ne point y fouffrir les rigueurs de la faim.
Enfin le fouvenir qu'ici je fus efclave,
Eft un poids fur mon cœur que chaque inftant aggrave:
Ne penfe point ici de pouvoir m'arreter:
Tu pourrois aifément contre toi m'irriter,

Je fais qui t'y retient, ma Fille , & je devine ,
De ton affliction la cause & l'origine ;
Je ne suis point aveugle , & ne te flatte pas
Que lorsqu'à chaque instant Ranulphe suit tes pas ,
J'ignore le sujet qui...

BATILDE.

Ranulphe , mon Pere ?
Quoi ! vous pourriez former ce soupçon téméraire ,
Et vous croiriez qu'à lui j'aurois pu m'attacher ?

EDMOND.

Pour m'ôter tout sujet de te rien reprocher ,
Je te l'ai déja dit , je te le dis encore ,
Fuions tous deux , ma Fille , un séjour que j'abhorre ,
Aujourd'hui nous voilà tous deux indépendans ,
La liberté , l'honneur , le rang , tout nous engage
A ne plus d'un moment reculer un voyage
Que nous avons déja différé trop long-tems :
Partons.

BATILDE. *pleurant.*

Je le veux bien , je suis prête à vous suivre.

EDMOND.

Nous irons loin d'ici commencer à revivre.

BATILDE. *pleurant à part.*

A jamais d'Archambaud je vais me séparer !

EDMOND.

Ton pere à ton amour fait un cruel outrage ,
Mais il a des raisons qu'il ne peut déclarer ,
Et dût-il t'en couter encore davantage ,
Pour notre prompt départ allons tout préparer.

SCÉNE VIII.

ARCHAMBAUD.

EN vain pour me souftraire au mal qui me posséde ,
Dans mes réfléxions je cherche du reméde ,
Mon cœur & ma raison se combattent toujours :
Du penchant qui faisoit le bonheur de mes jours ,
Et qui fait aujourd'hui mon plus cruel supplice ,
Ma raison veut m'induire à faire un sacrifice ,
Et semble m'engager par un avis fatal
A laisser à mes yeux triompher mon rival.
Peut-on à mon amour faire un plus grand outrage ,

Vouloir que son bonheur soit encor mon ouvrage,
Que je permette au cœur dont je subis la loi
De soupirer, bruler pour un autre que moi!
Si Batilde du moins insensible à ma peine,
A tout le genre humain portoit la même haine!
Mais non, Ranulphe l'aime, elle écoute ses vœux,
Et c'est moi seul ici qu'elle rend malheureux.
Pour prix de mon amour, pour toute récompense,
Par-tout où je là trouve, elle fuit ma présence,
Et son cœur endurci bien loin d'y compatir,
semble rire des maux qu'elle me fait souffrir....
Quoi! parce que l'amour ne touche pas son ame,
Ce mépris de mes feux est-il digne de blame?
Que pense-je! que dis-je! où m'égarent mes vœux!
Hélas moi-même encor fais-je ce que je veux....
Quoi! quand je touche ici presque au sommet du Trône,
Dont l'éclat, la splendeur en tous lieux m'environne,
Quand tout-au-tour de moi tend à m'énorgueillir,
Par un semblable hymen voudrois-je m'avilir!...
Que diroit donc le Roi dont j'ai la confiance,
Si j'allois contracter cette vile alliance!
Ah! bien loin qu'il cherchât à me justifier,
Par quels justes dédains va-t-il m'humilier!...
N'y pensons plus: l'amour pour elle me transporte,
Mais il faut contre lui que ma raison l'emporte,
Je veux me conserver l'amitié de mon Roi,
Tout ce qui m'en éloigne est indigne de moi.
Malgré tous ses mépris, Batilde est vertueuse,
Batilde, à tous égards mérite d'être heureuse,
Et puisqu'elle a déja disposé de son cœur,
Je veux mettre le sceau moi-même à son bonheur,
Je veux encor par là lui prouver que je l'aime.
Qu'on appelle Ranulphe! Ah! le voici lui-même.

SCÉNE IX.

ARCHAMBAUD, RANULPHE.

RANULPHE.

Dans quel état, Seigneur, vous vois-je! je ne fais...

ARCHAMBAUD.

Ranulphe, de l'amour vous voyez les effets:
Je vous avoue ici le secret de ma flamme,
Daignez, sans hésiter, m'ouvrir aussi votre ame;
Elle peut dans mon sein librement s'épancher,
Il n'est rien entre amis qu'on doive se cacher.
Batilde vous est chére?...Osez donc me l'apprendre.

RANULPHE.

De l'amour qu'elle inspire on ne peut se deffendre:
(*Archambaud tressaille.*)
Oui, je l'aime, Seigneur...Eh quoi vous frémissez?

ARCHAMBAUD.

Hélas! par votre aveu, tous mes sens sont glacés;
Et c'est un mouvement qui n'est point volontaire.
Vous aime-t-elle aussi?

RANULPHE.

Je ne sçais, mais j'espére
Que puisque tout ici l'instruit de mon amour,
Je pourrai tôt ou tard la charmer à mon tour.

ARCHAMBAUD.

Ah! je n'en doute plus, Ranulphe, elle vous aime;
Je suis sûr que pour vous sa tendresse est extrême,
Votre amour de son cœur a déjà triomphé,
Le mien est malheureux, & doit être étouffé.
Sans doute vous savez que j'ai rompu ses chaînes;
Elle peut aujourd'hui calmer toutes vos peines.
Vous voulez l'épouser?

RANULPHE.

Seigneur, bien entendu:
Me préserve le Ciel d'être assez misérable
Pour prétendre jamais par une ardeur coupable
De captiver son cœur en blessant sa vertu.

ARCHAMBAUD.

Pour me guérir du trait dont mon ame est blessée,
Je voudrois la bannir de ma triste pensée.

RANULPHE.

Seigneur, sur votre sort mon ame s'attendrit,
Votre rival vous plaint, vous aime & vous chérit;
Et voudroit si le sort à ses vœux est propice,
Pouvoir de son bonheur vous faire un sacrifice.

ARCHAMBAUD.

Non, vous l'épouserez, Ranulphe, elle est à vous,
Adorez ses appas, & soyez son époux,
A son cœur, à sa main, je cesse de prétendre,

Et pour accélérer votre commun bonheur,
Je m'engage à parler même en votre faveur:
A ce trait de ma part vous pouvez vous attendre;
Connoiſſez votre ami.

RANULPHE.

       Pour moi quelle bonté !
Quel bon cœur! quel excès de généroſité !
J'ignore encor ſon nom, ſon rang & ſa patrie.

ARCHAMBAUD.

Ah! quelque ſoit le ſang qui lui donna la vie,
Ses charmes, ſes vertus, ſes belles qualités
Qui tiennent à la fois tous les ſens enchantés,
Vaillent bien, ſelon moi, le vain titre & le luſtre
Qu'elle auroit pu tirer d'une naiſſance illuſtre:
Je puis dire encor plus; elle a porté des fers,
Je ne ſais pas encor quel funeſte revers
A cet état affreux peut l'avoir condamnée;
Mais quelque ſoit le ſang dont Batilde ſoit née,
Si le Ciel lui donna tant de charmes vainqueurs
Par leſquels elle doit regner ſur tous les cœurs,
Elle en reçut encor cette ame magnanime
Qu'elle ſut conſerver au milieu de ſes fers,
Qui, ſoutenue en tout d'une vertu ſublime,
La rend encor cent fois plus que je ne l'exprime
Capable de donner des loix à l'univers.
Maîs n'appercevez point le trouble qui m'agite :
Je me ſuis engagé de ſervir votre amour,
Je veux auſſi le faire avant la fin du jour.
Vers vous de ma promeſſe il faut que je m'acquitte.
Je veux faire à tous deux votre félicité.
Un inſtant…laiſſez-moi penſer en liberté…
Vous voyez tous mes ſens dans un déſordre extrême
Que je voudrois pouvoir me cacher à moi-même,
Mais je vous l'ai promis, je m'en fais une loi,
Soyez content, Ranulphe, allez, & laiſſez-moi.

RANULPHE.

Comment récompenſer ce ſignalé ſervice ?

                 (Il ſort.)

SCÉNE X.

ARCHAMBAUD.

ENfin il eſt donc fait ce cruel ſacrifice !
Je n'en puis revenir, il eſt fait, j'ai promis,

Dieu! qui me foutiendra dans l'état où je fuis?
Il n'eſt donc plus douteux, il eſt bien vrai qu'il l'aime,
Et qu'elle corrſpond à ſa tendreſſe extrême.
Ne perdons point de tems en regrets ſuperflus,
Penſons penſons plutôt que Batilde n'eſt plus:
Malheureux Archambaud, elle t'eſt donc ravie!
Hélas! cœurs ulcérés jaloux d'un faux bonheur,
Si jamais vos regards pénétroient dans mon cœur,
A ma grandeur encor porteriez-vous envie?

SCÉNE XI.

ARCHAMBAUD UN LAQUAIS.

ARCHAMBAUD.

SAns mes ordres, dis-moi, que viens-tu faire ici?
LE LAQUAIS.
Vous apporter, Seigneur, la lettre que voici.
ARCHAMBAUD.
Ce ſera ſurement quelque importante affaire.
(*Au Laquais.*)
C'en eſt aſſez.

SCENE XII.

ARCHAMBAUD. *Regardant l'adreſſe.*

J'y vois le burin d'Angleterre,
Et de notre envoyé je reconnois la main.
voyons ce qu'il m'écrit;
(*Il lit.*)
Londres ce quatre juin.

*VOus avez été informé des troubles qui ont diviſé autrefois
les Héritiers d'Ethelbert dernier Roi de Kent: depuis lors
on a fait des perquiſitions infructueuſes pour découvrir l'endroit où s'étoit retiré Ermenfred, Frere aîné d'Erchombert
qui vient de mourir, mais à l'inſtant que je vous écris, je
viens d'apprendre qu'il a paſſé en France, & que ſous un
nom emprunté, il y eſt quelque part réduit à la ſervitude. Je
vous prie de vous informer de ce fait, & de me répondre en
conſéquence, &c. &c.*

Quoi ! je n'en faurois rien ? cela n'eft pas probable ;
Non, je ne puis le croire, il n'eft pas vraifemblable,
Suppofé qu'Ermenfred en ces lieux fut venu,
Qu'il ait pu fi long-tems y refter inconnu :
De ce bruit cependant quoique au vrai peu conforme,
Sans beaucoup différer il faut que je m'informe.

SCÉNE XIII.

BATILDE *pleurant.* EMMA.

EMMA.

BAtilde, qu'avez-vous ? d'où viennent vos douleurs ?
Et pourquoi, dites-moi, vous vois-je toute en pleurs.
BATILDE.
Ah ! vous approuverez ma douleur, mes allarmes,
Chere amie, à mes pleurs vous mêlerez vos larmes,
Quand je vous aurai dit que je viens en ce lieu
Et pour vous embraffer & pour vous dire adieu.
EMMA.
Adieu ! Pourquoi ? Comment ? Et qui peut vous déplaire ?
BATILDE.
Emma, je fuis foumife aux ordres de mon pere ;
Dès le prémier inftant qu'il fe vit affranchi,
Il forma le projet de s'éloigner d'ici.
Je dois le fuivre.
EMMA.
Eh quoi ! par une fuite prompte,
Eft-ce là reconnoître Archambaud & Galfonte,
Des maîtres, des amis, dont les fréquens bienfaits......
BATILDE.
Hélas ! n'ajoutez pas encore à mes regrets.
EMMA.
En font-ils informés, Batilde ?
BATILDE.
Je l'ignore.
EMMA.
Si tous deux jufqu'ici n'en favent rien encore,
Ils ne permettront point.....
BATILDE.
C'eft un fait réfolu,

Et dans ses volontés mon pere est absolu.

EMMA.

Trouvera-t-il ailleurs des maîtres moins sévéres ?
Ou plutôt des amis si vrais & si sincéres ?

BATILDE.

Il n'en est point, Emma, nous aurions beau chercher.

EMMA.

Pourquoi donc de ceux-ci veut-il se détacher ?
Hélas ! si vous partez, sans vous que puis-je faire ?
Car votre exemple ici m'étoit bien nécessaire.

BATILDE, *soupirant.*

Mon exemple ?

EMMA.

Oui, Batilde, il m'inspiroit aussi
Le désir que jamais vous ne sortiez d'ici.
C'est de vous seule, enfin, qu'en mon malheur extrême
J'espérois du secours, hélas ! contre moi-même,
Pour éteindre ce feu dont je brûle toujours.

BATILDE.

Son cœur paroît encor répondre à vos amours ?

EMMA.

Je l'ignore. En tout cas vous m'en voyez honteuse,
Batilde, auprès de moi que vous êtes heureuse
D'avoir pu librement vivre jusqu'à ce jour
Sans avoir éprouvé les tourmens de l'amour.

BATILDE.

Je ne les connois point !

EMMA.

Vous pouvez les connoître,

Mais....

BATILDE.

Après mon départ, vous direz à mon maître
Qu'en tous lieux, fut-ce même au bout de l'univers
Batilde emportera ses regrets & ses fers.
C'est vous en dire assez, je ne saurois poursuivre.

SCENE XIV.

BATILDE, EMMA, UN ESCLAVE.

L'ESCLAVE.

SAns hésiter, Batilde, hâtez-vous de me suivre :
Sachez que votre pere...

BATILDE.
Eh bien ?
L'ESCLAVE.
S'il vit encor
Eſt au moins à préſent aux abois de la mort.
BATILDE. (*ſe jettant ſur Emma.*)
Mon pere, juſte Ciel!
L'ESCLAVE.
Un ſanglier dans ſa fuite,
Voyant nombre infini d'ennemis à ſa ſuite,
Vint heurter bruſquement contre ce bon viellard,
Débile comme il eſt, il fallut qu'il ſuccombe:
Enfin, ne pouvant point faire place au fuiard,
Votre pere pàlit, tremble, chancéle, tombe,
Vous demande à l'inſtant qu'il s'eſt vu terraſſé:
Le pauvre homme, en un mot, eſt tellement bleſſé,
Qu'avec raiſon encor je doute s'il reſpire.
BATILDE.
Qu'entens-je, juſte Ciel! & qu'oſez-vous me dire!
Dois-je ſi triſtement voir terminer ſes jours!
Grand Dieu, permettrez-vous que je le voie encore?
Allons pleurer, Emma, ce pere que j'honore,
Ou, s'il eſt encor tems, portons-lui du ſecours.

FIN DU SECOND ACTE.

ACTE III.

Le Théâtre repréfente la Chambre d'Edmond. D'un côté
l'on voit EDMOND dans un fauteuil, la tête ceinte d'un
bandeau & appuiée contre un oreiller. De l'autre une Table
fur laquelle fe trouvent une plume, de l'encre & du papier.

SCENE PREMIERE.

EDMOND, BATILDE, *courant à lui.*

BATILDE.

MOn pere, eft-ce bien vous ?
   EDMOND.
    Oui, ma Fille, c'eft moi.
   BATILDE.
En quel état vous vois-je ?
    EDMOND.
      Enfin confole-toi.
Je fens bien que je touche à mon heure derniére,
Mais tandis que je vois encore la lumiére,
Ecoute-moi, reçois les avis douloureux
Du pere le plus tendre & je plus malheureux.
Tu ne fais pas encor de qui tu tiens la vie ?
    BATILDE.
Mais je la tiens de vous, & c'eft affez pour moi,
Et malgré les malheurs dont elle eft pourfuivie,
Mon cœur au plus heureux ne porte point envie.
    EDMOND.
Va, bientôt ce fecret parviendra jufqu'à toi :
Ma Fille, après ma mort on te fera connoître
Quels furent les parens dont le Ciel t'a fait naître,
Quels furent leurs malheurs, leur état & leur rang;
Celui qui t'apprendra ce fecret important,

Batilde, des humains est le plus respectable,
L'ami le plus sincére & le plus véritable :
Enfin, c'est Archambaud, je te laisse en ses mains,
En lui ma confiance à ce point est extréme,
Que je suis assuré qu'autant que sur lui-même,
Il daignera veiller sur tes propres destins.

BATILDE.

Qui ! mon maître ! Archambaud que dites-vous, mon pere ?

EDMOND.

Oui ton maître, ma fille, oui lui-même, & j'espére
Par-tous les sentimens que je connois en lui,
Qu'en tout tems il sera ton soutien, ton appui ;
Il n'abusera point du malheur qui t'accable
Pour rendre ton destin plus triste & plus touchant :
Il me remplacera, je connois son penchant,
Plus que jamais encor tu le verras affable,
Plus tendre, plus ami, plus doux, plus indulgent.
Peut-être que plus-tard, la mémoire importune
De notre ignominie & de notre infortune
N'aura pas sur ton cœur toujours le même effet :
Mais que l'humilité soit ton unique objet.
Lorsque sur mes secrets en rompant le silence,
Archambaud t'apprendra ton rang & ta naissance,
Et de ton pere mort les funestes revers,
Loin de t'énorgueillir, souviens-toi de tes fers,
Tu verras qu'en ce monde il n'est rien de solide
Que l'espoir du bonheur où la vertu nous guide ;
Tu verras sous tes yeux la triste vérité
Du néant des grandeurs & de l'humanité.
Jusqu'à ce jour, ma fille, en veux-tu d'autre preuve ?
N'en avons-nous pas fait une assez rude épreuve ?
Et sans la main de Dieu qui nous a soutenus,
Hélas ! que serions-nous à présent devenus !
Heureux, cent fois heureux, malgré notre foiblesse,
D'avoir pu de notre ame emporter la noblesse,
Et de tenir encor, malgré nos envieux,
Ce trésor le plus grand & le plus précieux.
Ma fille, c'est ton bien, c'est l'unique héritage
Que tes peres ont pu te laisser en partage,
Et que nos ravisseurs n'ont pu nous enlever.
Puisses-tu, cher enfant, toujours les conserver.
Pour ne point partager la foiblesse vulgaire,
A tout sentiment bas tache de te soustraire :
Soutiens toujours l'honneur qui convient à ton rang.

Je fais bien qu'en tout tems la nature & l'ufage
A ton fexe ont laiffé la foibleffe en partage,
Mais pour ne pas ainfi deshonorer ton fang,
Retiens bien qu'à ton cœur que tu devras défendre
Peu d'hommes ici bas font en droit de prétendre;
Moins encor qui pourroient afpirer à ta main.
Sur-tout, point de Ranulphe, & qu'il foupire en vain:
Promets-le-moi, ma fille, & que jamais…
BATILDE.
Mon pere,
Je vous ai déjà dit, & je vous réitére
Que de tous les mortels, Ranulphe eft à mes yeux
Le plus infupportable & le plus odieux.
EDMOND.
Ma fille, c'eft affez, tu m'en donnes parole,
Ta promeffe à la fois me charme & me confole;
Mon cœur eft fatisfait, & je meurs fur la foi
Que Batilde toujours vivra digne de moi.
Approche, mon enfant, viens, embraffe ton pere…
Tu fais qu'avant finir ma pénible carrière,
A ton maître Archambaud mon ame doit s'ouvrir;
Je l'attends en ces lieux, je l'ai fait avertir,
Et j'ofe me flatter qu'exauçant ma priére,
Bientôt pour m'obliger il daignera venir.
Sors un inftant, ma fille, & laiffe-nous enfemble:
Tu reviendras plus tard.
BATILDE.
Je céde à vos defirs;
Mais en vous délaiffant, je frémis & je tremble.
EDMOND.
Va, tu feras préfente à mes derniers foupirs.
Déjà vers moi ton maître avance d'un pas grave.

SCENE II.

EDMOND, ARCHAMBAUD.

EDMOND.

QUoi! Seigneur, dans un rang fi différent du mien,
Vous ne dédaignez point d'approcher un efclave
Qui vous demande encore un moment d'entretien!
Pardon d'avoir ofé prendre autant de licence.
C

ARCHAMBAUD.

Il n'eſt aucun état, Edmond, qui nous diſpenſe
Des droits que la nature a ſur l'humanité :
Vous êtes mon égal, & votre adverſité
Exige encor de moi pour vous plus d'indulgence.
Sur moi les malheureux ont toujours du crédit,
Vous l'êtes, cher Edmond, & cela me ſuffit.
Plus que vous ne penſez je prends part à vos peines,
Point encor ſatisfait d'avoir briſé vos chaînes,
Je veux coopérer à votre guériſon.

EDMOND.

Votre eſpérance eſt vaine & n'eſt plus de ſaiſon.
Je ſens bien que je touche au terme de ma vie,
Mais je n'ai nul regret de me la voir ravie,
C'eſt un ſonge pour moi qui va bientôt finir,
Je vais me réveiller pour ne plus m'endormir.
Mais avant terminer ma pénible carrière,
J'ai deſiré de vous une grace derniere,
J'ai deſiré vous voir : pourrois-je en cet inſtant,
Seigneur, vous révéler un ſecret important ?

ARCHAMBAUD.

Pourquoi donc balancer ? Par quelle défiance,
Edmond, juſqu'à préſent gardiez-vous le ſilence ?
Vous pouvez épancher vos ſentimens ſecrets ;
Ne craignez rien, parlez avec toute aſſurance.

EDMOND.

Pourrois-je encor douter de votre bienfaiſance,
Après en avoir tant reſſenti les effets....
Juſqu'à ce jour, Seigneur, au milieu des entraves,
En nous vous n'aviez vu que deux ſimples eſclaves,
Vous ignoriez auſſi quels furent nos revers,
Et quelles mains encor avoient porté vos fers.

ARCHAMBAUD.

Si j'avois employé l'autorité de maître,
J'aurois pu parvenir à plutôt vous connoître ;
Mais duſſe-je toujours ignorer votre nom,
Votre rang, vos malheurs, je vous reſpecte, Edmond,
Et ne veux point ſur vous agir de violence.

EDMOND.

Apprenez donc, Seigneur, mon rang & ma naiſſance...
Je ſuis à la merci du ſort le plus afreux,
Le Prince le plus grand & le plus malheureux
Que jamais de tout tems on ait vu ſur la terre ;
Enfin reconnoiſſez un des Rois d'Angleterre.

ARCHAMBAUD.

Qu'entens-je! Quoi, Seigneur, vous étiez sous mes loix!
J'ai par d'indignes fers souillé le sang des Rois!
Hélas que vos vertus en étoient bien la marque!
Quoi! Batilde seroit la fille d'un Monarque!

EDMOND.

Oui, Seigneur, il est vrai.

ARCHAMBAUD.

         Qui l'auroit deviné?

EDMOND.

Et du Monarque encor le plus infortuné.
Peut-on après cela souhaiter que je vive?
Prétez à mon récit une oreille attentive,
Vous me direz après si dans cet univers
L'homme peut être en but à de plus grands revers.

(Il se souléve, & après avoir rappellé ses forces il continue.)

Que plus rien désormais, Seigneur, ne vous étonne :
Oui tel que je parois j'ai porté la Couronne ;
Mais malgré que le trône ait été mon berceau,
J'ai dû ramper, Seigneur, ainsi qu'un vermisseau.
Le dernier Roi de Kent vous fut connu, peut-être,

ARCHAMBAUD.

Oui fort bien.

EDMOND.

    C'est de lui que le Ciel m'a fait naître.

ARCHAMBAUD.

Vous seriez donc, Seigneur, petit-fils d'Ethelbert?

EDMOND.

Oui, je suis Ermenfred.

ARCHAMBAUD.

       Le frere d'Erchombert?

EDMOND.

Oui de cet inhumain, Seigneur, de cet impie
Qui cachant dans son cœur le serpent de l'envie,
A trouvé le moyen par de noirs attentats,
De venir me chasser du sein de mes Etats.
Sûr de tous ses sujets qu'il a pu se soumettre
Pour remplir son dessein, hélas! qu'a fait le traître?
Il suborna les miens qui malgré tout son tort,
Se mirent contre moi du parti du plus fort.
La fortune toujours favorisant le crime,
De tous côtés trahi, je suis resté victime :

Pour foutenir mes droits tous mes efforts font vains,
Ma Couronne & mon Sceptre ont paffés dans fes mains.
Peu fatisfait du fruit d'une indigne victoire,
Croyant par des forfaits s'attirer plus de gloire,
Par fes ordres, hélas! que de fang répandu!
Le dirai-je? Mon cœur en eft encore ému.
J'ai vu, Seigneur, j'ai vu par leurs coups homicides
De fes ordres fecrets les Miniftres perfides
Egorger fous mes yeux ma femme, deux enfans
Héritiers de mon Sceptre & de mes fentimens.
Il ne m'eft donc refté de toute ma famille,
Que cet enfant chéri, que cette unique fille,
Qui dérobée aux yeux de mes perfécuteurs,
Ne fut pas immolée à leurs noires fureurs.
Que faire, à la merci d'un fort aufli funefte?
Je mets ma confiance en la bonté célefte,
C'étoit tout mon recours, je n'avois plus d'amis,
Et l'efpoir d'en avoir ne m'étoit plus permis.
Ma fille dans mes bras, je me fauve en Ecoffe;
L'afyle ténébreux d'une bête féroce
Un antre me parut un lieu de fureté,
Et devoir mettre fin à mon adverfité.
J'y demeurai: c'eft là qu'au fein de la mifére,
Je fentis émouvoir des entrailles de pere,
Quand je réfléchiffois que les foréts, les bois,
Devoient fervir d'afyle au digne fang des Rois.
Ma fille dans ces lieux a paffé fon enfance;
Que de maux entre-tems la foif de la vengeance
Et l'amour paternel ne m'ont point fait fouffrir!
Sans elle mille fois j'aurois voulu mourir...
Quelque peine qu'alors j'euffe déjà foufferte,
Mon trône & mes enfans dont je pleurois la perte,
Etoient les feuls objets qui caufoient mes douleurs.
Mais j'étois réfervé pour de nouveaux malheurs...
De Corfaires bientôt une troupe nombreufe
Qui croioit notre vie encore trop heureufe,
Jette l'ancre en ces lieux & defcend fur ce bord.
Que firent-ils? Au lieu de nous donner la mort,
Et par là mettre fin au fort qui nous accable,
Ils conçurent entre-eux le projet déteftable
De nous vendre à l'inftar des plus vils animaux,
Et de mettre le comble à l'excés de nos maux.
Arrachés malgré nous de ce lieu de retraite,
Enchaînés jufqu'ici, nous faifons une traite,

Ou, comme deux forçats que l'on met au carcan,
Nous fumes auffi-tôt expofés à l'encan.
Un de vos gens, Seigneur, nous paie & nous engage,
Et nous fumes tous deux réduits à l'efclavage; *(il pleure)*
Aujourd'hui vos bontés daignent brifer nos fers.
Je crois voir tout d'un coup la fin de mes revers,
L'on m'apprend qu'Erchombert a terminé fa vie:
J'ignore quels remords peuvent l'avoir fuivie,
Mais il laiffe héritiers de fes noirs attentats
Des enfans malheureux qui ne s'accordent pas.
C'eft tout ce que j'en fais. L'objet qui les divife
M'engageant à tenter une jufte entreprife,
Et l'efpoir de rentrer dans mes anciens Etats
Me contraignant encore à quitter ces climats,
Je partois, & ma fille étoit de ce voyage:
Mais vain efpoir! je meurs, & le feul héritage
Que Batilde à jamais peut attendre aujourd'hui,
Dépend des charités & des bienfaits d'autrui.
Pour elle fa naiffance & le rang de fon pere
Jufqu'à ce jour, Seigneur, font encore un miftére,
Je vous laiffe le foin de les lui révéler,
Et c'eft l'objet pourquoi j'ofai vous appeller.
ARCHAMBAUD.
Mais pourquoi donc, Seigneur, tardiez-vous à m'apprendre
L'hommage, les refpects que je devois vous rendre?
Deviez-vous fi long-tems vous défier de moi?
EDMOND.
Une bonne raifon m'en avoit fait la loi.
Sachant bien, Archambaud, que la Cour de Neuftrie
Contre mon raviffeur ne fut jamais aigrie,
J'avois donc tout à craindre, & pour mon intérêt,
Clovis ne devoit point entrer dans mon fecret.
J'ai cent fois préféré les bois, la fervitude,
Et même de ramper fous le joug le plus rude,
A la crainte où j'étois de ne pouvoir fauver
Ma fille que le Ciel a daigné conferver.
C'eft en vos mains, Seigneur, que j'ofe la remettre.
ARCHAMBAUD.
Sire, ne craignez rien, vous devez me connoître:
Archambaud à vos yeux ne peut être fufpect,
Croyez qu'autant que vous, Batilde m'intéreffe:
Je veux vous remplacer, & ma vive tendreffe
Pour elle égalera mon amour, mon refpect.
Qui ne l'adoreroit? Sa vertu, fa décence,

Tout parle en sa faveur.

EDMOND.

Ah! Seigneur, l'innocence
Qui succombe souvent à l'attrait du plaisir
Est un bien qu'à son gré l'on ne peut retenir,
Et personne ici bas n'est exempt de foiblesse.
Prenez-en donc le soin, veillez sur sa jeunesse,
Tachez que de l'amour le poison corrupteur
Ne puisse adroitement se glisser dans son cœur.
Ne permettez jamais qu'une basse alliance
Avilisse son nom, son rang & sa naissance,
Et retenez toujours qu'il n'est qu'un Souverain
Qui peut avoir le droit de prétendre à sa main,
Sinon, tout autre au moins sans Sceptre & sans Couronne,
Mais qui peut espérer de parvenir au trône,
Ou bien qui comme vous au sein de la grandeur
Ne le céde qu'aux Rois, & touche à leur splendeur.
(*Archambaud soupire à part.*)
Pour Ranulphe, surtout, qu'il cesse d'y prétendre.

ARCHAMBAUD.

Non, Ranulphe jamais ne sera votre gendre,
Seigneur, à leur hymen ne pouvant consentir,
Moi-même de son cœur je prétends le bannir.
Que votre esprit, enfin, sur tout se tranquilise.

EDMOND.

Ah! ma fille !

ARCHAMBAUD.

A présent souffrez qu'on vous conduise
Dans un lieu plus commode & plus digne de vous.

EDMOND.

De tous ces vains honneurs mon cœur n'est plus jaloux,
Les revers m'ont prouvé le néant de mon être,
Après avoir par eux appris à me connoître,
Exposé moribond sur un lit de douleurs,
Qu'ai-je encore besoin de l'éclat des grandeurs !

ARCHAMBAUD.

Daignez vous prêter, Sire, à ce que je souhaite,

EDMOND.

Que votre volonté, Seigneur, soit satisfaite:
Il n'est pas important à mon dernier soupir
Quelle chambre ou quel lieu devra le recueillir.

ARCHAMBAUD.

Hai-là !

SCENE III.

ARCHAMBAUD, EDMOND, DEUX LAQUAIS.

UN LAQUAIS.

De vous fervir, Seigneur, fuis-je capable?
ARCHAMBAUD.
Je confie à vos foins ce viellard refpectable,
Tranfportez-le tous deux dans mon appartement,
Et qu'il y foit foigné particulierement.
Je veux que tout ici l'honore & le refpecte.
      (*Edmond regarde de tous côtés.*)
Que cherchez-vous?
EDMOND.
      En vain ma vue eft circonfpecte,
Je ne vois plus ma fille, & je quitte ce lieu!
ARCHAMBAUD.
Vous la verrez plus tard ; foyez tranquille, adieu :
Je vous fuis.
      (*Les deux Laquais emportent Edmond.*)

SCENE IV.

ARCHAMBAUD *feul.*

Est-il vrai ce que je viens d'entendre?
Dans mon trouble mes fens peuvent-ils le comprendre!
Quoi ! celle qui me fait foupirer nuit & jour,
Et pour qui je n'ofois déclarer mon amour,
Cette fille profcrite en ces lieux amenée,
Que depuis fi long-tems je tenois enchainée,
Et dont je rougiffois de recevoir les loix,
Quoi ! Batilde, en un mot, eft la fille des Rois!
Que la Cour d'Angleterre étoit bien informée!...
Mais il eft étonnant que par la renommée
Depuis deux ans qu'Edmond eft ici fous ma loi,
Il n'ait rien d'Ermenfred tranfpiré jufqu'à moi.
Eclatez aujourd'hui cher fecret de mon ame,
Donnez, mon cœur, donnez l'effor à votre flame,
Et vous, loin de vous taire, heureufe paffion,
Venez encor fervir à mon ambition...

Je fens bien qu'apprennant fon illuftre naiffance ,
Elle va dédaigner une moindre alliance ;
Mais Edmond la connoit, & m'a fait entrevoir
Une lueur qui flatte & nourrit mon efpoir . . .
Par où donc commencer ? Par où dois-je m'y prendre ? . . .
Mon embarras eft tel qu'il ne peut fe comprendre :
Dois-je efpérer d'abord que fans aucun détour
Elle recevra bien l'aveu de mon amour ?
Non, je la connois mieux, fa vertu, fa décence,
M'en font appréhender bien de la réfiftance,
Et j'apperçois déjà dans un trifte avenir
Les affauts que contre-elle il me faut foutenir . . .
Si quelque ami commun daignoit m'être propice !
Mais . . . . . Emma pourroit bien me rendre ce fervice !
Elle connoît, je crois, fes fentimens fecrets,
Oui, je vais dans fes mains mettre mes intérêts ;
Je connois fon efprit, je connois fa prudence :
Si jamais de Batilde elle a la confiance,
Elle pourra pour moi défarmer fa rigueur,
Ou tout au moins fonder les replis de fon cœur.

(*En fortant, il eft rencontré par Ranulphe & Galfonte
qui rentrent avec lui*)

SCENE V.

ARCHAMBAUD, GALSONTE, RANULPHE.

GALSONTE.

SEigneur, Ranulphe ici pour qui je m'intéreffe ,
M'apprend dans le moment qu'avant la fin du jour,
Vous êtes engagé par certaine promeffe
D'agir en fa faveur & fervir fon amour.

ARCHAMBAUD, *froidement.*

Il n'en impofe pas.

RANULPHE.

Eft-il quelque apparence
Que je verrai bientôt combler mon efpérance ?

ARCHAMBAUD.

Les deftins font changés, & les événemens,
Ranulphe, ont fait auffi changer mes fentimens.

RANULPHE.

Que dites-vous, Seigneur, quel contre-tems funefte

A mon amour foudain pourroit donc s'oppofer ?
ARCHAMBAUD.
Pour toujours à Batilde il vôus faut renoncer ,
C'eft tout dire en un mot, je dois taire le r<u>e</u>fte,
Et je vous avertis de ne plus y penfer.
RANULPHE.
Encor, quelles raifons, Seigneur ?
ARCHAMBAUD.
Je dois me taire,
Ces raifons jufqu'ici doivent être un myftére ;
Ne vous efforcez point à me faire parler,
Il m'eft trop défendu de vous les révéler.
Tout feroit vain : plus tard vous en faurez la caufe.
RANULPHE *à Galfonte.*
Pourriez-vous deviner la raifon qui s'oppofe ?
GALSONTE.
Non , Seigneur.
ARCHAMBAUD.
Non , ma fœur l'ignore autant que vous.
RANULPHE.
Et bien , moi , je devine ; Archambaud eft jaloux :
A fervir mon amour fi fon cœur fe refufe,
C'eft le fien qui l'arrète, il n'a point d'autre excufe.
GALSONTE.
Seigneur, modérez-vous :
RANULPHE.
Je dis la vérité.
ARCHAMBAUD.
Si je voulois ufer de mon autorité,
Ranulphe, dans l'inftant je te ferois connoître
Qui de nous deux a droit de prendre un ton de maître,
Sache qu'après Clovis je donne ici la loi.
Mais je fais pardonner. Je te dis donc encore
Que tu dois étouffer le feu qui te dévore ;
Je t'en ai dit affez. Galfonte fuivez-moi.

SCÉNE VI.

RANULPHE.

IL a beau feindre ici quelque raifon fecrette
Qui s'oppofe, dit-il, à mon engagement,

Je ne l'en croirai point, fon amour le dément,
Et me fert contre lui de fidéle interpréte.
S'il croit impunémént de pouvoir m'outrager,
Il apprendra bientôt que je fais me venger....
Cependant pour ne point dans mon dépit extrême
Par un trop prompt effet de mon reffentiment
Hazarder un projet qui pourroit aifément
Rejaillir fur moi feul & me punir moi-même,
Quoique trop convaincu de fa duplicité,
Par quelque autre moien cherchons la vérité.
Mais, qui me l'apprendra?... Quels témoins? Quel indice?...
Il m'en vient un, voyons, fans ufer d'artifice,
Ecrivons à Batilde; oui c'eft fort bien penfer,
Et fur ce projet-là je dois peu balancer.
Soit bonheur, foit revers, j'attends tout d'elle-même;
Et fi fon cœur au mien refufe de s'unir,
Je croirai qu Archambaud par fa façon d'agir
Eft venu me dreffer un piége, un ftratagème,
Pour connoître mon cœur & pour me deffervir.
Tandis qu'à mes fouhaits tout ici fe préfente,
Encre, plume, papier, que tout eft à mes vœux,
Profitons-en : déjà mon cœur s'impatiente
D'apprendre fi je fuis heureux ou malheureux.

(Il s'approche d'une table où il trouve plume , encre , &
papier; il écrit à Batilde , & aprês avoir relue, cachetée &
endoffée fa lettre , il continue)

Fort bien. Entre fes mains faifons-la donc remettre:
Archambaud eft fincére, ou bien il n'eft qu'un traitre,
Mais fi la vérité répond à mon foupçon
Qu'il attende à fon tour un trait de ma façon.　　*(Il fort.)*

SCENE VII.

BATILDE, EMMA.

BATILDE.

Où fuis-je ? Jufte Ciel ! je ne vois plus mon pere!
La mort me le ravit, & tout me défefpére,
Devois-je le quitter quand il étoit mourant !

EMMA.

Confolez-vous, Batilde, il eft encor vivant.

Un Laquais d'Archambaud dans l'inftant vint m'apprendre
Qu'auprès de lui fon maître ayant daigné fe rendre,
Attendri fur fon fort & fur tous fes malheurs
L'avoit au même inftant fait tranfporter ailleurs.

BATILDE.

Emma, fur votre foi mon ame fe repofe,
Menez-moi donc à lui.

EMMA.

Je ne puis, & pour caufe,
C'eft qu'il eft à préfent dans les bras du fommeil;
Croyez-moi, mon amie, attendez fon réveil,
Ne vous attendant pas, une prompte furprife
Pourroit faeilement lui caufer une crife;
Ne précipitez rien, fufpendez vos foupirs,
Et daignez partager ma joie & mes plaifirs.
Que votre ame avec moi s'égaie & s'évertue:
Tantôt vous m'avez vue affligée, abatue;
Je l'étois en effet, & bien réellement,
Mais j'éprouve à préfent un fentiment contraire.

BATILDE.

Emma, pour prendre part à ce raviffement,
Je dois de vos fecrets être dépofitaire;
En fuis-je digne encore?

EMMA!

Oui bien certainement,
Vous favez que pour moi rempli d'indifférence,
Toujours à mon égard dans un morne filence,
Le Maire jufqu'ici n'avoit fait entrevoir
Rien qui puiffe flatter ou nourrir mon efpoir.

BATILDE.

Eh bien,

EMMA.

Quel changement & quel heureux préfage!
A l'inftant, près de nous fe trouvant au paffage,
Il me fit un fignal dont j'ai pu démêler
Que fans vous en fecret il vouloit me parler.

BATILDE.

Que jugez-vous de là?

EMMA.

Je crois qu'il veut m'inftruire
Qu'il fent auffi pour moi tout l'amour qu'il m'infpire,
Et je crois aujourd'hui de pouvoir fans remords
Me livrer toute entiére à mes brulans tranfports.

BATILDE.

Emma, gardez-vous bien d'accroître encor vos peines

Par des illufions qui peuvent être vaines ;
Vous pourriez aifément ici vous abufer.
EMMA.
S'il m'aime, à notre hymen qui peut donc s'oppofer ?
Mes fers étant brifés, je puis fans arrogance
Faire aujourd'hui valoir les droits de ma naiffance,
Les emplois diftingués & l'état glorieux
Qu'autre-fois dans le monde ont tenu mes ayeux :
Mais fans chercher l'appui d'une vaine nobleffe,
Se trouve-t-il des loix que l'amour ne tranfgreffe ?
Ne le voyons-nous pas méprifant les grandeurs,
L'emporter tous les jours fur le rang, les honneurs,
Même foumettre encor les Rois à fa puiffance ?
Enfin tout aujourd'hui flatte mon efpérance.
Mais, Batilde, d'où vient qu'une étrange paleur
Soudain de votre teint efface la couleur ?
Vous trouveriez-vous mal ? quoi donc vous indifpofe ?
BATILDE.
C'eft encor un effet né de la même caufe
De ce mal que tantôt j'ai fouffert à vos yeux :
Mais ce ne fera rien, & je fuis déjà mieux.

SCÉNE VIII.

BATILDE, EMMA, UN INCONNU. *apportant
une lettre à Batilde.*

BATILDE, *avec hauteur*

QUe me donnez-vous-là ? Qu'eft-ce ?
L'INCONNU.
C'eft une lettre
Qu'entre vos mains, Batilde, on m'a dit de remettre.
BATILDE.
Une lettre ? Pour moi ?
L'INCONNU.
L'on vous prie inftamment
D'y répondre d'abord & fans retardement.
BATILDE.
C'eft bien imaginé.
L'INCONNU.
Je fais ce qu'on m'ordonne.

BATILDE.

Et moi je ne reçois de lettres de personne.

EMMA.

De l'adresse du moins vous pouvez prendre aspect :

BATILDE.

Non, toute lettre, Emma, tout billet m'est suspect,
C'est un piége souvent sans aucune apparence
Qu'on tend à la vertu, qu'on tend à l'innocence,
Et qui cache toujours un poison enchanteur
Fait pour gater l'esprit & corrompre le cœur.

L'INCONNU.

Batilde, jugez mieux de l'esprit de mon maître.

BATILDE.

Je ne veux point ici chercher à le connoître,
Quelqu'il soit, entre nous il n'est rien de commun,
C'est vous en dire assez, cessez d'être importun,
Et ne m'irritez point par un long verbiage.

L'INCONNU.

Ainsi je pars,

BATILDE.

Partez.

L'INCONNU *Sortant.*

Infortuné message !

(*A part.*)
Ranulphe pourra-t-il supporter cet affront!

SCÉNE IX.

BATILDE, EMMA.

BATILDE.

QUi pour me suborner peut avoir un tel front ?
A mes désirs, Emma, ne soyez plus contraire,
C'est assez différer, menez-moi vers mon pere.

EMMA.

Venez.

BATILDE.

Que j'aille encor dans ses derniers momens
Recevoir son amour & ses embrassemens.
(*Elles sortent par le côté opposé à celui par lequel entre
Archambaud.*)

SCÉNE X.

ARCHAMBAUD.

MAis dans ce lieu tantôt ne les ai-je pas vues?
Que font-elles, hélas ! toutes deux devenues?
Tandis qu'Emma favoit qu'il étoit moribond
L'auroit-elle conduite à la chambre d'Edmond !
Si mon foupçon eft vrai, Dieu! quel afpect horrible !
Quel coup plus douloureux pour fon ame fenfible !
En vain elle aura cru lui porter du fecours,
Hélas ! il vient enfin de terminer fes jours,
Et je fus le témoin de ce trifte fpectacle...
A mes vœux à préfent je ne vois plus d'obftacle,
Plus je verrai, je crois, Batilde s'affliger,
Et moins j'aurai befoin d'un fecours étranger.
D'ailleurs, brulant d'un feu dont l'ardeur eft extrême,
Qui peut de mon amour parler mieux que moi-même !
Puis-je croire qu'après ma déclaration
Batilde aura pour moi la même averfion ?
Non. Dès qu'elle apprendra fon illuftre naiffance
Dont je puis à préfent lui donner connoiffance,
Et qu'elle aura connu quel deftin odieux
L'éloigna du pays où regnoient fes ayeux,
L'ayant inftruite enfin de tout ce qui là touche,
L'aveu de mon amour fortira de ma bouche,
Elle y fera fenfible, & je pourrai foudain
Lui préfenter enfemble & mon cœur & ma main.
Enfin cet entretien que je faurai conduire
Me mênera bientôt au bonheur où j'afpire,
Où bien c'eft que fon cœur par un revers fatal
Se fera déclaré déjà pour mon rival.
Que dis-je ! quel erreur ! la grandeur de fon ame
Pourra-t-elle fouffrir par une indigne flame
Que Batilde jamais s'oubliât à ce point ?
Non : Ranulphe y prétend, mais il ne l'aura point.
Si Batilde de gré ne veut point l'éconduire,
J'ai par Edmond fur elle un fouverain empire,
Son pere avant mourir m'a cédé tous fes droits,
Et je l'épouferai par la force des loix.
Que dis-je ! c'eft l'effet de l'amour qui m'anime,
Quoi ! j'irois la trainer ainfi qu'une victime,

Pour lui faire à l'autel jurer tout haut, hélas !
Un amour que son cœur démentiroit tout bas.
Non, Batilde, excusez le transport qui m'égare,
Si je suis amoureux, je ne suis point barbare,
Et l'on ne dira point que j'ai brisé vos fers
Pour vous persécuter & combler vos revers :
L'amour seul contre vous me prétera ses armes,
Mes yeux se changeront en deux sources de larmes,
Vous vous attendrirez, vous lirez dans mon cœur,
Enfin vous daignerez couronner mon ardeur.
Je sais que destinée à monter sur le trône,
Vous méritez au moins un Sceptre, une Couronne,
Que sans cette offre-là, tout amant, tout époux,
Batilde, quelque il soit est indigne de vous :
Mais le brillant du monde est peu fait pour vous plaire ;
Les vertus dont votre ame est le vrai sanctuaire
M'assurent qu'insensible à tous ces vains honneurs
Rien ne vous touche moins que l'éclat des grandeurs.
Dans l'espérance enfin d'une ardeur mutuelle,
Suivons ses pas, allons où l'amour nous appelle.
Ne perdons plus de tems, allons lui déclarer
Les sentimens, l'amour qu'elle fait m'inspirer.

FIN DU TROISIEME ACTE.

ACTE IV.

Le Théâtre reprend fa prémiere forme.

SCENE PREMIERE.

CLOVIS II, ARCHAMBAUD.

CLOVIS.

TU ne devines point quelle importante affaire
A préfent près de moi te rend fi néceffaire?

ARCHAMBAUD.

Non, Sire, affurément je ne foupçonne rien.

CLOVIS.

De mon Trône, Archambaud, toi feul eft le foutien:
Un objet important embarraffe mon ame;
Sachant combien eft pur le zéle qui t'enflamme,
Et que les qualités que je connoîs en toi
T'on mérité le rang que tu tiens près de moi,
Il faut que je t'avoue & que je te confie
Mon projet, mon efpoir, le fecret de ma vie.
C'eft un affaire enfin dont tout le réfultat
Doit autant que moi-même intéreffer l'état.

ARCHAMBAUD.

Quel eft donc ce fecret de fi grande importance?
Sire, vous enflamez mon défir curieux.

CLOVIS.

J'ai deffein de donner une Réine à la France,
Archambaud, réponds-moi fur qui par préférence,
Sur quel fang, quel objet je dois jetter les yeux?

ARCHAMBAUD.

Sire, avant vous répondre il faudra que j'y penfe.

CLOVIS.

Eh bien fonges-y donc, & fois judicieux ...
Si je n'étois foumis à cette loi rigide

Qui profcrit toute femme indigne de mon fang,
Si l'amour dans ce choix pouvoit être mon guide,
Dès ce moment, fans vous, mon cœur feul me décide,
Et je nomme l'objet que j'éléve à mon rang:
Mais chériffant mon peuple autant que ma couronne,
Pour accorder l'amant avec le fouverain,
Il faut aveuglément que mon cœur s'abandonne
A l'objet tel qu'il foit que mon peuple me donne,
Qui va m'être en fon nom préfenté par ta main.
Confidére l'état où fe trouve mon ame,
Archambaud, connois feul les fecrets de ma flame;
J'aime un objet charmant aimable à tous égards,
Mais que, comme Clovis, fans m'expofer au blâme,
Je ne puis honorer d'un feul de mes regards.
Que d'attraits raffemblés! quel port & quelle grace!
Il n'eft point de beautés que la fienne n'efface,
Et toutes les vertus dont fon cœur eft rempli
Achévent de la rendre un objet accompli.
Mais elle fut efclave, & felon l'apparence,
Quelque fût fa famille & fa condition,
Son état & le mien ont tant de différence
Que je lis dans tes yeux comme dans ton filence
L'arret qui va porter ma condamnation.
Te l'avourai-je enfin fans un plus long myftère?
C'eft Batilde.

ARCHAMBAUD Interdit.

Batilde?

CLOVIS

Elle a fixé mes vœux,

Et l'amour dans mon cœur que rien ne peut diftraire
Depuis deux ans pour elle allume tous fes feux.
Tu vas me rappeller la honte de mon ame,
Et toutes les erreurs où m'égare une flame
Qui tend à dégrader ma gloire & mon honneur:
Avec toi je l'avoue, & je le fens moi-même,
Mais trop foible, Archambaud pour regner fur mon cœur,
Je fuis à la merci d'un défefpoir extrême
Si je dois à ma gloire immoler mon bonheur...
Par cet amour pourtant dont l'ardeur me dévore,
Je crains de m'arracher au refpect qui m'eft dû,
Et fenfible à celui d'un peuple qui m'adore,
Je ne veux point fouffrir que mon cœur deshonore
Le fang du grand Clovis dont je fuis defcendu...
Archambaud, je t'ai fait l'aveu de ma foibleffe,
Mais ta décifion feule fera ma loi,
Ne fois point partial, fonge que je fuis Roi,

D

Qu'encor plus que l'amour ma gloire m'intéresse,
Et que je ne veux pas assis au premier rang
Par un indigne hymen deshonorer mon sang.
Voilà tous les secrets que je voulois t'apprendre ;
C'est à toi de choisir quel parti je dois prendre :
Ame de mes conseils, je laisse entre tes mains
Le sort de la Neustrie & mes propres destins,
C'est mon arrêt qu'il faut que ta bouche prononce ;
Je vais dans mon Palais attendre ta réponse,
Entre-tems, réfléchis, je te laisse y songer.

SCENE II.

ARCHAMBAUD.

Dieu ! dans quel trouble affreux vient-il de me plonger ?
Quel funeste propos a frappé mon oreille !
Je ne sais si je dors, je ne sais si je veille.....
A ce cruel revers me serois-je attendu !
Je doute avec raison si j'ai bien entendu.
Quoi ! lorsque transporté par l'ardeur qui me presse,
J'allois faire en tremblant l'aveu de ma tendresse,
Quand je cherchois Batilde, & que j'allois soudain
Lui présenter ensemble & mon cœur & ma main,
Le Monarque m'appelle, & m'apprend par lui-même
Qu'épris de ses attraits, il la chérit, il l'aime,
Et qu'au choix de son cœur n'osant point s'arrêter,
Il s'en réfère à moi qu'il veut seul consulter.
Dieu ! faut-il sur l'amour que mon devoir l'emporte ?
Non... Mais il est mon Roi... Le fut-il, que m'importe
Je sais bien qu'à Clovis je dois tout accorder,
Mais Batilde est un bien que je ne puis céder :
Je l'aurai malgré tout. Elle est sous ma puissance.
Le mystère qu'Edmond m'a fait de sa naissance
Dont aucun jusqu'ici n'est encore informé,
Dans le fond de mon cœur restera renfermé...
Mais quoi ! puis-je à Batilde offrir une Couronne ?
Quoi ! quand je puis d'un mot la placer sur le trône,
Quand le trône l'attend, & que ce rang est dû
Moins à son sang encor qu'il n'est à sa vertu,
Enfin, quand ce bon Roi que je chéris, que j'aime,
Plein d'ingénuité vient m'avoüer lui-même

Que l'aimable Batilde a fixé tous fes vœux,
Et que je puis le rendre heureux ou malheureux,
Je balance, j'héfite ! & l'amour qui m'emporte
Dans mon cœur étouffant tout fentiment d'honneur,
Sourd aux vœux de mon Roi, veut, m'excite & me porte
A n'écouter ici que la voix de mon cœur !...
Non, Sire, pardonnez au penchant qui m'entraine,
Devenez fon Epoux, que Batilde foit Reine,
Et commandez encor pour vanger mon affront
Que le bandeau par moi foit placé fur fon front....
Hélas ! fuis-je en état d'un fi grand facrifice ?
Que ne m'eft-il permis fans bleffer la juftice
De cacher à Clovis fon état & fon rang,
Ou la racheter même au prix de tout mon fang.
Mais non, c'eft encor peu de mes jours, de ma vie,
Mon maître l'aime, il faut que je la facrifie.
Connu par ma droiture & ma fidélité,
Pourrois-je ici trahir l'honneur, la vérité,
Son pere refpectable, enfin, toute la France,
Dont je fuis affuré d'allumer la vangeance
Et d'attirer la haine & les mépris fur moi,
Si j'etois foupçonné d'avoir trompé mon Roi.
Pour mon ame d'ailleurs quel plaifir j'envifage !
D'un Monarque que j'aime ayant comblé les vœux,
L'echo retentiffant des cris d'un peuple heureux,
A Batilde, à mon choix va donner fon fuffrage,
Par-tout je vais entendre applaudir mon ouvrage,
En un mot le bonheur des fujets & du Roi
Va devenir le mien, & rejaillir fur moi.
Ça ne balançons plus ; il y va de ma gloire,
Cédons à fes defirs cette illuftre victoire,
Faifons voir que l'amour doit céder à l'honneur,
Et fur lui feul ici fondons notre grandeur.
(*En fortant il eft rencontré par le Roi.*)

SCÉNE III.

CLOVIS, ARCHAMBAUD.

ARCHAMBAUD.

Sire, j'allois à vous.

CLOVIS.

Que venois-tu m'apprendre ?
A voir combler ſes vœux mon cœur peut-il s'attendre ?
Archambaud, ſois ici l'arbitre de mon ſort,
Parle.

ARCHAMBAUD.

Toutes les loix & vos vœux ſont d'accord.
Batilde dès ce jour par un tendre hymenée,
Sire, peut-être unie à votre deſtinée,
Elle eſt digne de vous étant fille des Rois
Dont le traitre Erchombert uſurpa tous les droits.

CLOVIS.

Explique-toi.

ARCHAMBAUD.

Tantôt vous avez vu la lettre
Par laquelle, Seigneur, on nous donne à connoître
Qu'Ermenfred en ces lieux ſe feroit retiré ;

CLOVIS.

Eh bien, qu'en penſe-tu ?

ARCHAMBAUD.

Le fait eſt avéré.

CLOVIS.

Avéré ? tu me rends d'un ſurpriſe extrême :

ARCHAMBAUD.

Sire, j'appris depuis par Ermenfred lui-même
La vérité d'un bruit dont j'ai fait peu de cas:
C'étoit Edmond.

CLOVIS.

Edmond ?

ARCHAMBAUD.

Seigneur, n'en doutez pas.

CLOVIS.

Quel bonheur ! mais dis-moi, comment s'eſt-il pu faire,
Depuis deux ans qu'Edmond par toi fut acheté,
Que quoiqu'il ait voulu céler la vérité,
Le bruit de ſon vrai nom caché ſous le myſtère
Juſqu'à mon trône encor n'ait pas été porté.

ARCHAMBAUD.

Sire, vous le ſaurez: Edmond dans l'aſſurance
Qu'Erchombert avec vous étoit d'intelligence,
Croyoit que contre lui vous euſſiez conſpiré:
Forcé donc par la crainte & par la défiance,
De la foi de perſonne il n'oſa s'aſſurer,
Et moi-même a toujours j'aurois dû l'ignorer,

Si la mort le forçant à rompre le silence,
Ne l'avoit point contraint de me le déclarer.
CLOVIS.
Ce n'éft donc qu'aujourd'hui qu'il vous le fit connoître?
ARCHAMBAUD.
Oui, Sire, & c'eft pourquoi bien loin de le trahir,
Quoique je voie en vous mon Souverain, mon Maître,
Je balançois encore à vous le découvrir.
Mais vous aimez Batilde, & cette infortunée,
Sire, va voir par vous changer fa deftinée :
Le trône eft fon partage, & c'eft elle en ce jour,
C'eft elle qu'avec vous va couronner l'amour.
Pour moi je pars.
CLOVIS.
Pourquoi? Seroit-il donc poffible
Qu'à ma joie, Archambaud, tu fois fi peu fenfible,
Et que lorfqu'à toi feul je dois tout mon bonheur
Tu puiffes me quitter avec tant de froideur!...
Ah! fans déroger donc à la loi fouveraine,
Je puis aimer Batilde & la déclarer Reine,
Et par un tendre hymen qui comblera mes vœux
Je puis ainfi que moi rendre mon peuple heureux!
Archambaud, apprens-moi quelle eft la récompenfe
Qui peut équivaloir & payer tes bienfaits;
Moi je n'en connois point, & ne croirai jamais,
Quoiqu'en t'accordant même avec ma bienveillance,
Tous les biens que le Ciel a mis fous ma puiffance,
D'avoir trop acheté celui que tu me fais.
Ami, ne tarde plus, achéve ton ouvrage,
Cours vers Batilde, va fans tarder davantage,
Et mettant à profit ce précieux inftant
Déclare-lui mes feux, offre-lui mon hommage,
Et dis-lui que l'hymen fur le trône l'attend.
ARCHAMBAUD.
Sire, c'eft exiger plus que je ne puis faire;
Permettez...
CLOVIS.
Point d'excufe, il faut me fatisfaire :
Qu'avant changer d'état & de condition,
Elle apprenne par toi fon élévation.
Mais, non...le fort ici l'aménera peut-être,
Refte feul, attends-la, je veux paroître après.
Et tandis pour l'hymen que j'ofe me promettre,
Que je vais ordonner la pompe & les apprêts,

L'entretenant toujours de l'amour de ton maître
Préviens-la qu'entouré de ses fujets divers,
Et déjà prévenus de voir leur Souveraine,
En elle il reviendra couronner une Reine
Qui va dans les honneurs comme au fein des revers
Donner par fes vertus l'exemple à l'univers,
Elle fera par toi conduite dans le Temple,
Ces honneurs te font dus, & tels font mes deffeins;
Enfin fais tout pour moi, je mets tout en tes mains:
Que mon peuple avant tout l'admire, la contemple,
Lui rende comme à moi les honneurs fouverains.

SCENE IV.

ARCHAMBAUD.

Dieu! qu'eft-ce que l'honneur, la vertu, le courage,
Peuvent du cœur de l'homme exiger davantage!
Quel autre facrifice égaleroit celui
Qu'en faveur de mon Roi je vais faire aujourd'hui!
J'aime Batilde, hélas! puis-je le dire encore?
Oui, je l'aime, & l'amour dans mon cœur qu'il dévore,
Entretenu, nourri d'un feu toujours nouveau
Doit s'éteindre avec moi dans la nuit du tombeau.
En cachant à mon Roi fon nom & fa naiffance,
J'efpérois que bientôt devenu fon époux,
De fes divins appas j'entrois en jouiffance
Et rendois l'univers de mon deftin jaloux:
Mais où l'honneur commande, il n'eft point d'autre maître,
Et par un fimple aveu que j'ai fait à deffein,
Tout eft perdu pour moi, je détefte mon être,
Et j'enfonce moi-même un poignard dans mon fein.
Encore, fi du moins la cédant au Monarque,
Je pouvois m'éloigner auffitôt de fa Cour!
Mais de mon zéle il veut que pour plus grande marque,
Moi-même je l'informe ici de fon amour,
Et non content fur moi d'emporter la victoire,
Il prétend que fervant de Héraut à fa gloire,
Même à l'Autel, je voie avec joie & tranfport
Porter fur moi le coup qui me donne la mort.
Le cœur peut-il fubir une plus forte épreuve?
De mon amour pour vous vous voyez les effets,

Sire, puis-je en donner une plus forte preuve?
O mon maître, ô Neustrie, êtes-vous satisfaits?
Mais on vient, c'est Batilde, ô Ciel! mon ame émue
S'égare, s'interdit, & se trouble à sa vue :
Mais calmons-la ; du moins sous un air affecté
Qu'elle paroisse avoir toute sa fermeté.

SCENE V.

ARCHAMBAUD, BATILDE, GALSONTE, EMMA, PLUSIEURS ESCLAVES.

BATILDE. *pleurant.*

O Ciel!

GALSONTE.
Batilde ici, Seigneur, se désespére,
Elle est dans la douleur & dans l'affliction,
Venez vous joindre à nous, & lui servant de pere,
Opérez, s'il se peut, sa consolation.
ARCHAMBAUD.
Et que puis-je sur elle en cette conjoncture?
Laissez pour un instant, laissez couler ses pleurs ;
C'est un droit de tout tems acquis sur tous les cœurs
Qu'en cette circonstance on doit à la nature.
BATILDE.
Oui, plus vous chercheriez à calmer ma douleur,
Et plus je sentirois le poids de mon malheur.
On se sent soulager à l'instant qu'on soupire,
Laissez-moi, vos conseils me seroient superflus :
Je sais, je prévois bien tout ce qu'on peut me dire ;
Mais pourrois-je oublier que mon pere n'est plus!
ARCHAMBAUD *à Emma, à demi voix.*
Emma, plus prudemment, au moyen d'une feinte,
De la chambre d'Edmond vous deviez l'écarter ;
Vous ne l'avez point fait :
EMMA *à demi voix.*
Seigneur, j'y fus contrainte,
Et je...
ARCHAMBAUD *toujours de même.*
Contrainte ou non, vous deviez résister.
EMMA *de même.*
J'ai tenté tous moyens de pouvoir la soustraire

Au spectacle frappant qui vient de la saisir,
Mais malgré mes efforts je n'ai pu la tenir:
Le tendre attachement qu'elle avoit pour son pere
L'emportant contre moi, j'ai dû la satisfaire.

BATILDE.

Enfin je voulois être à son dernier soupir,
Et seule de sa mort restant ici victime,
Pouvez-vous condamner la douleur qui m'opprime,
Les larmes & les pleurs que je verse pour lui?
Ah! sans doute: le mal ou la peine d'autrui
Aux yeux de l'étranger n'est jamais légitime.

ARCHAMBAUD.

Batilde, pensez mieux: croyez qu'en ce malheur
Nous sentons tout le mal & toute la douleur
A laquelle votre ame en ce jour est ouverte:
Votre pere n'est plus, vous pouvez le pleurer,
Je veux même avec vous pleurer aussi sa perte,
Mais sachez que je veux aussi la réparer.

BATILDE.

Eh! quel est le moien où votre espoir se fonde
Qui put jamais calmer la rigueur de mon sort?
Vous voulez me flatter, mais il n'est que la mort
Et l'instant fortuné qui m'ôtera du monde,
Qui soient tout mon espoir & mon seul réconfort.
Oui, cette heureuse mort est tout ce que j'espére.

ARCHAMBAUD.

Batilde, vous venez de perdre en votre pere
Un ami respectable, un conseil, un appui:
Vous le retrouverez dans un autre que lui.

BATILDE.

Ah! pour me consoler vos promesses sont vaines!

ARCHAMBAUD.

Vous vous ressouvenez que j'ai brisé vos chaînes;
Mais j'ai peu fait pour vous; vos vertus, vos attraits,
Qui jusqu'au fond des cœurs portent par-tout leurs traits,
Votre condition, votre illustre naissance
Vous méritant un prix de plus grande importance,
Il vous est présenté; vos pleurs doivent tarir
A l'aspect de ce prix que je vais vous offrir.

(Il parle bas à un Esclave à qui il semble donner une
commission importante, & qui sort aussitôt.)

BATILDE.

Si cela dépendoit de votre bienfaisance,

Seigneur, j'aurois bien tort de me défespérer :
Mais ma perte par vous ne peut fe réparer,
Et ce droit appartient feul à la providence.
Où fuis-je ! qu'ai-je dit ! quoi ! j'ofe murmurer !
Me pardonne le Ciel ma douleur & ma plainte,
Non, non ; je me foumets à fa volonté fainte ;
Plus qu'il n'étoit à moi, mon pere étoit à lui.
Sur moi veille aujourd'hui la puiffance célefte,
Voilà mon feul recours & l'efpoir qui me refte,
Si vous ne me fervez & de pere & d'appui.

ARCHAMBAUD.

Non, Batilde, à mon choix fi le votre défére,
Je vais vous préfenter pour vous fervir de pere
Un homme plus illuftre & plus digne de vous,
Qui dans l'efpoir flatteur d'etre un jour votre époux,
Va calmer la douleur où votre ame eft ouverte.

GALSONTE *à Emma.*

Savez-vous comme il va réparer cette perte ?

EMMA.

Moi, Madame ?

(*On entend le bruit du peuple.*)

GALSONTE.

Quel bruit de loin ai-je entendu ?

EMMA.

Plus je vois Archambaud, plus je le confidére,
Plus auffi mon efprit fur le fait qu'il differe,
S'inquiéte, fe trouble & refte confondu.
J'attends l'évenement avec impatience.

(*L'Efclave qui étoit forti un moment auparavant, rentre
fuivi d'une affluence de peuple, & remet à Archambaud un
coffre d'une matiére précieufe, dans lequel fe trouvent le
Sceptre, le Diadéme & le Bandeau des Rois.*)

ARCHAMBAUD *à Batilde en ouvrant le coffre.*

Vous allez voir ici comment la providence
Va vous rendre le bien que vous avez perdu.
De fes bontés pour vous, vous agréerez les marques :

(*Lui préfentant le Bandeau.*)

Madame, vous voyez le Bandeau des Monarques ;

BATILDE.

Eft-ce qu'à mon malheur ce Bandeau correfpond ?

ARCHAMBAUD.

Il doit être attaché par moi fur votre front.

BATILDE.
Seigneur, pour appaiſer le deſtin qui m'opprime,
Allez-vous m'immoler ainſi qu'une victime?
ARCHAMBAUD.
Qu'en ſigne du pouvoir qu'ont tous les Souverains
Ce Sceptre ſoit de même embelli par vos mains.
(*Au peuple,*)
Vous voyez devant vous la Reine de Neuſtrie,
Celle avec qui bientôt votre Roi ſe marie;
Peuples, à ſon aſpect ſoyez humiliés,
Et tous ainſi que moi jettez-vous à ſes pieds.

(*Il ſe proſterne devant Batilde*)
BATILDE *ſe jettant ſur Emma.*
Que faites-vous, Seigneur! ah! je reſpire à peine!
ARCHAMBAUD.
Je vous rends les reſpects que je dois à ma Reine.
Proſterné devant vous, je remplis mon devoir.
BATILDE. *à part.*
Dans mes veines je ſens tout mon ſang s'émouvoir.
ARCHAMBAUD *relevé.*
Oui, Madame, brulant d'un feu qui le dévore,
Le Roi qui dès long-tems vous aime, vous adore,
Va vous offrir ſa main, & par ce juſte choix,
Comblant les derniers vœux qu'a formés votre pere,
Va couronner en vous le digne ſang des Rois,
La fille d'Ermenfred Monarque d'Angleterre.
C'eſt l'important ſecret qu'à ſon heure derniere
Dans mon ſein votre pere a voulu récèler,
Mais le tems eſt venu de vous le révéler.
BATILDE *à part.*
De mes malheurs encor voilà le plus funeſte!
ARCHAMBAUD.
Bientôt ici le Roi vous apprendra le reſte,
Attendez-le, Madame, & retenez de moi,
Malgré vers d'autre objet que l'amour vous entraine,
Que faite pour regner, pour être Souveraine,
Votre amant, votre époux ne peut être qu'un Roi.
Voilà l'heureux deſtin que vous devez attendre.

(*Il regarde Batilde, ſoupire, & ſort avec le peuple.*)
BATILDE *allant vers Archambaud.*
Ah! de grace, un inſtant, Seigneur, daignez m'entendre!
Je n'ai qu'un mot à dire, & ſouffrez qu'à ce jour!

ARCHAMBAUD *dans le fond du Théâtre.*
Madame, le Roi seul mérite votre amour.

SCENE VI.

BATILDE, EMMA, GALSONTE, UN ESCLAVE.

GALSONTE.

MAdame, avec plaisir je vois la récompense
Qui vous est présentée, & dont la providence
Qui tenoit jusqu'ici ses bienfaits suspendus,
Vient payer aujourd'hui le prix de vos vertus.
Oui, vos seules vertus vous ont acquis le trône.

EMMA.

Mais cessez de gémir & de vous affliger :
Voyez quelle splendeur bientôt vous environne,
Et comment le destin vient vous dédommager.
Quoi ! l'honneur de regner sur toute la Neustrie,
Ce poste si brillant & si digne d'envie,
Ce trône enfin qu'un Roi daigne mettre à vos pieds
N'essuieroient point les pleurs dont vos yeux sont noyés ?

BATILDE.

Croyez-vous qu'attachée aux vains honneurs du monde
Dont le brillant éclat s'éteint comme un flambeau,
A l'instant où mon pere entre dans le caveau
Dans lequel il n'est rien que la mort ne confonde,
Je puisse m'arracher à la douleur profonde,
Aux larmes dont je dois arroser son tombeau ?
Non je suis insensible à la grandeur mortelle
Qui pourroit m'être offerte en ces terrestres lieux :
Les biens & les trésors de l'Empire des Cieux,
Voilà le digne objet où se porte mon zéle,
Et dont mon cœur sera toujours ambitieux...
Mais d'où vient que le Maire a pris sitôt la fuite ?

GALSONTE.

Une crainte, Madame, un soupçon vous agite.

BATILDE.

Oui, je veux avec lui m'expliquer un instant ;
(*à l'Esclave.*)
Mon ami, rendez-moi ce service important ;
De ma part droit au Maire allez en diligence,
Il ne peut être loin, tachez de lui parler,

Priez-le qu'il m'accorde un moment d'audience
Pour lui dire un secret de très-grande importance,
Qu'à tout autre qu'à lui je ne puis révéler.

(L'Esclave sort.)

GALSONTE.

Emma, retirons-nous :

BATILDE.

Sitôt ? Qui vous engage ?

GALSONTE.

Notre présence ici pourroit vous faire ombrage ;
Madame, vous tenez un secret renfermé
Dont le Maire à l'instant doit seul être informé ;
La prudence en ce cas veut que je me retire,
Et je subis la loi qu'elle vient me prescrire.

BATILDE.

Mais sans qu'il soit besoin que vous sortiez d'ici,
A part de mon secret il peut être éclairci ;
Je ne souffrirai pas que vous prenniez la peine...

GALSONTE.

Madame, oubliez-vous que vous devenez Reine ?
Que vous avez sur nous le pouvoir souverain,
Et que jamais...

BATILDE.

Ce fait n'est pas encor certain :
Mais quand mon front fut ceint du sacré Diadème,
Madame, de tout tems on me verra la même ;
Les honneurs sur mon cœur ont trop peu de pouvoir
Pour que vous me voyez jamais m'en prévaloir.

SCENE VII.

BATILDE, GALSONTE, EMMA, L'ESCLAVE *qui revient.*

L'ESCLAVE.

MAdame, enfin après bien de la résistance,
Le Maire vous accorde un moment d'audience.
Il vient.

GALSONTE *bas à Emma.*

Notre devoir nous fait ici la loi,
Retirons-nous, Emma.   (*Elles sortent toutes deux.*)

BATILDE *à Archambaud qui paroît.*

C'est donc vous !

SCENE VIII.

BATILDE, ARCHAMBAUD.

ARCHAMBAUD.

Oui, c'eſt moi.
Madame, vous avez quelque choſe à m'apprendre?
BATILDE.
Oui, s'il vous plaît.
ARCHAMBAUD.
Et moi je ne veux rien entendre.
Puiſque le Roi ſur vous a fixé ſon amour,
Madame, vous devez ſans uſer de détour
Mériter à jamais l'honneur qu'il veut vous faire,
N'avoir d'autre deſir que de le ſatisfaire,
Que d'aller à l'Autel lui jurer votre foi
Et combler, en un mot, les vœux d'un ſi bon Roi.
Oui, le trône eſt à vous, & Clovis vous appelle:
Allez à lui, montrez avec combien de zéle,
De feu, de paſſion, d'empreſſement, d'ardeur,
Vous êtes inclinée à faire ſon bonheur,
Celui de la Neuſtrie & de toute la France,
Dont le peuple charmé ſe réjouït d'avance
D'apprendre que l'amour par le plus juſte choix,
En couronnant en vous la vertu, la naiſſance,
Va bientôt vous placer ſous le dais de ſes Rois.
En un mot, la Neuſtrie a beſoin d'une Reine,
Madame, rempliſſez ce fortuné deſtin,
Soyez-la… moi, je meurs, & mon trépas certain…
Mais on vient, c'eſt le Roi.
BATILDE.
Dieu! je reſpire à peine!
ARCHAMBAUD.
Oui, Madame, c'eſt lui, je crois l'appercevoir;
Préparez-vous, enfin, à le bien recevoir.

SCÉNE IX.

CLOVIS, ARCHAMBAUD, BATILDE, GARDES.

CLOVIS.

TRanfporté près de vous par l'amour le plus tendre,
De vous-même, Madame, ici je viens apprendre
Si vous avez fait choix d'être unié à mon fort,
Ou fi vous préférez de me donner la mort.

BATILDE.

Sire, feroit-il vrai que du haut de fon trône,
Un grand Roi fi jaloux des droits de fa Couronne,
Jettant fur une efclave un regard fi férein,
M'offriroit fur fon cœur un pouvoir fouverain?
Sire, fouvenez-vous que j'ai porté des chaînes.

CLOVIS.

Je le fais, mais le fang qui coule dans vos veines,
Pur comme dans fa fource. & toujours révéré,
Madame, par vos fers n'eft point deshonoré.
Pour vous prouver encor l'excès de ma tendreffe,
Où me portent pour vous l'amour & l'amitié;
C'eft peu que de mon cœur vous foyez la maîtreffe,
Je veux de mes Etats vous donner la moitié:
Daignez enfin combler le bonheur où j'afpire,
Car je vais commencer de dater mon Empire,
De chérir l'exiftence & de me croire heureux,
Dès le prémier inftant où rempliffant mes vœux,
A notre heureux hymen vous daignerez foufcrire,
Et vous partagerez ma Couronne & mes feux.
Madame, en attendant, mon cœur eft dans la crife.

BATILDE.

A votre volonté, Sire, je fuis foumife,
Ordonnez, commandez; vous pouvez tout fur moi,
Je connois les refpects que je dois à mon Roi.

(*Elle regarde Archambaud, foupire & pleure.*)

CLOVIS.

Votre Roi! trifte fort! dois-je toujours paroître
Sous le titre impofant de Monarque & de Maître?
Ne pouvez-vous me voir fous un plus doux afpect?
Et n'ai-je que le droit d'imprimer du refpect?

Si votre cœur pour moi ne fentoit rien de tendre,
Malgré mon défefpoir, vous pouvez me l'apprendre:
Car bien loin que je tente à vous tyrannifer,
De vous-mème je veux vous laiffer difpofer.
Je ne condamne point vos trop juftes alarmes,
Je connois le fujet qui fait couler vos larmes:
Edmond eft mort, je fais, après un tel malheur,
Que vos prémiers inftans font dus à la douleur.
Enfin, de mon amour vous n'avez rien à craindre,
Je fuis bien éloigné de vouloir vous contraindre;
Je ne forcerai point vos inclinations,
Et j'accorde du tems à vos réfléxions.
Allez, confultez-vous, j'attends votre réponfe,
Mais auffi que ce foit votre cœur qui prononce:
Oui, c'eft lui feul ici qu'il vous faut confulter,
A fa décifion je faurai m'arrêter.
Mais avant refufer l'honneur du diadême,
Songez combien Clovis vous chérit & vous aime,
Que vous ayant laiffée arbitre de fon fort,
Vous allez prononcer ou fa vie ou fa mort.
(*A Archambaud.*)
Vous, dans l'efpoir flatteur que fenfible à ma peine,
De même elle va l'être à l'honneur d'être Reine,
Allez l'annoncer telle aux Princes de ma Cour,
A mon peuple, & par-tout aux échos d'alentour.

FIN DU QUATRIEME ACTE.

ACTE V.

Deux fauteuils se trouvent sur le devant de la Scêne.

SCENE PREMIERE.

ARCHAMBAUD.

JE ne puis demeurer en place un seul moment,
Et je porte par-tout ma peine & mon tourment.
L'espérance à mon cœur n'est même plus permise ;
Elle épouse le Roi, sa parole est promise,
Il ne lui reste plus que d'aller à l'Autel
Lui jurer un amour qui doit être éternel.
Que ferai-je en l'état où mon ame est réduite ?
Pour me tranquilliser je ne vois que la fuite,
Oui, c'en est fait, fuions, abandonnons ces lieux
Où tout ce que je vois me paroit odieux.
De la Cour de Clovis moi même je m'éxile.
Ne tardons plus, voyons si dans un autre asyle
Séparé de Batilde & loin de ce séjour,
Le tems n'éteindra point mon déplorable amour.
Je serois plus prudent si j'en faisois mystére,
Mais dans mon désespoir, je ne saurois me taire
J'en ai déjà parlé, le bruit en est semé,
Que m'importe après tout qu'on en soit informé !
Mais qui vient me troubler quand je n'attends personne ?

SCÉNE II.

ARCHAMBAUD, RANULPHE.

RANULPHE.

MA vifite, Seigneur, fans doute vous étonne;
Comme votre rival, je fus votre ennemi,
Privé de ce fecours que vous m'aviez promi,
Plein de ma jaloufie, & dans fa violence,
Mon cœur n'a refpiré que haine, que vengeance,
A préfent, mais trop tard, repentant & confus,
Je viens auprès de vous admirer vos vertus.

ARCHAMBAUD.

Ah ! vous, qui connoiffez les fecrets de ma flamme,
Confidérez l'état où fe trouve mon ame:
Soyez jufte, & croyez ma fituation,
Plus digne de pitié que d'admiration.

RANULPHE.

Seigneur, fi de nous deux, l'un a droit de fe plaindre,
C'eft bien moi, je l'avoue, & je ne puis le feindre:
De quels remords mon cœur n'eft-il point déchiré !
Apprenez que tantôt, trifte, défefpéré,
Plein d'humeur contre vous, ou plutôt plein de rage,
(Hélas ! à quel excès la jaloufie engage)
Voyant Batilde en tout contraire à mes deffeins,
Que pour vous fupplanter mes efforts feroient vains,
Que j'attaquois fon cœur par de trop foibles armes,
Je fus trouver le Roi, je lui vantai fes charmes,
Et dans l'intention qu'il vous jouât ce tour,
J'ai gliffé dans fon cœur le poifon de l'amour.
De Batilde déjà fon ame étant éprife,
Le fuccès répondit bientôt à l'entreprife,
Mais loin que ma vengeance & ma méchanceté
Euffent eu tout l'effet que j'aurois fouhaité,
Quand j'appris que le Roi vous fit part de fa flamme,
J'appris en même-tems la grandeur de votre ame,
Et qu'en facrifiant l'objet de votre amour,
Vous avez fait briller vos vertus dans leur jour.
Que votre cœur, Seigneur, eft grand & magnanime !

ARCHAMBAUD.

Votre éloge, Ranulphe, eft bien peu légitime :
Je n'avois fur fon cœur encore aucun pouvoir,

E

Et la cédant au Roi, j'ai rempli mon devoir.
Ses vertus la rendant digne du diadême,
J'ai servi la justice en m'immolant moi-même;
Mais qu'il en couta cher à mon cœur amoureux!
Ranulphe, je suis né pour être malheureux:
Sans préter à mon ame un acte de noblesse,
Consolez-moi plutôt, & plaignez ma foiblesse;
Puis-je étre vertueux en faisant mon devoir,
Quand après l'avoir fait je meurs de désespoir?...
Me figurant Batilde assise sur le trône,
Dans le sein des grandeurs dont l'éclat l'environne,
Que je devrai la voir toujours sous cet aspect
Qui doit ne m'imposer que crainte & que respect,
Que deviendrai-je alors, si je ne puis détruire
Cet amour violent, ce feu qu'elle m'inspire,
Si toute ma raison contre eux ne suffit pas?
Hélas! tout mon recours est dans un prompt trépas,
Oui, sur eux la mort seule aura cet avantage;
Enfin loin d'applaudir encor à mon courage,
Par pitié, par amour ou par humanité,
Montrez-moi ma foiblesse & ma fragilité;
En blâmant mes défauts faites-lès moi connoître,
Dites-moi que je suis nécessaire à mon maître,
Que le bonheur du peuple auquel je fais la loi,
A mes soins confié ne dépend que de moi,
En un mot, indigné de ma foiblesse extrême,
Daignez à tous égards m'armer contre moi-même;
Quoique vous me disiez, tout vous sera permis,
Et je retrouve en vous le meilleur des amis.

RANULPHE.

Le Roi vient.

ARCHAMBAUD.
Dans mon trouble oserai-je paroître!

SCÉNE III.

CLOVIS, ARCHAMBAUD, RANULPHE.

CLOVIS.

ARchambaud, digne appui du trône de ton maître,
Mon unique soutien, & qui seul tant de fois
Sus réduire mon peuple au seul son de ta voix.

Plein de crainte & d'espoir , de toi je viens apprendre
Quels font tous ces propos que je ne puis comprendre ;
Dis-moi quel eft ce bruit que j'entends éclater ,
Et qu'au pied de mon trône on ofe encor porter ?
On dit à haute voix, mais je ne puis le croire ,
Que faché d'avoir fait mon bonheur & ma gloire,
Tu veux abandonner le timon de l'Etat,
Et te refugier dans un autre climat.
Ton projet, s'il eft vrai, me furprend & me touche ;
Mais que la vérité me parle par ta bouche :
Tu fais à ton égard ce que penfe mon cœur.

ARCHAMBAUD,
Je ne mérite pas cet excès de faveur ,
Sire, & j'eus trop de part à votre bienveillance.

CLOVIS.
Si tu me connois donc, parle avec affurance ,
Et confie à ton Roi, ton ami, ton appui,
La raifon qui t'oblige à t'éloigner de lui.

ARCHAMBAUD.
Voyant que ma fanté qui chancéle & qni tombe,
Me fait errer déjà fur le bord de ma tombe,
Je crois qu'entre la vie & fon terme fatal,
L'homme qui penfe bien doit mettre un interval :
Jufqu'à ce jour foumis à votre loi fuprème,
Sire, fi j'ai vécu, vous le favez vous-même,
Tous les jours de ma vie ont coulé pour mon Roi,
Mon fang étoit à lui , j'ai tout fait pour lui plaire,
Mais fans rien regretter de ce que j'ai dû faire,
Souffrez qu'avant mourir je vive un peu pour moi.

CLOVIS.
Avant mourir ! hélas que ta frayeur eft vaine !
Si ce n'eft plus pour moi, tu vivras pour la Reine :
(Je nomme ainfi Batilde, & fans lui faire tort,
Car dès ce jour l'hymen va l'unir à mon fort.)

(*Archambaud foupire à part.*)
Ah ! que fon cœur déjà s'eft fait de violence
Pour cacher à mes yeux la trop jufte fouffrance
Qu'il reffentit au bruit que tu quittois la Cour !
Elle eft inconfollable & fa reconnoiffance...

ARCHAMBAUD
Elle eft bien bonne (*à part*) hélas ! pour prix d'un tendre amour
Que la reconnoiffance eft un foible retour !

CLOVIS *à Ranulphe.*
Que difoit-il, Ranulphe, avant mon arrivée ?

RANULPHE.
Que Batilde, Seigneur, eft par-tout adorée.

Et que n'ayant jamais pu faire un plus beau choix,
Vous allez devenir le plus heureux des Rois.
CLOVIS à *Archambaud.*
Il est vrai, mon ami, j'aurai cet avantage ;
Mais puisque mon bonheur est ton unique ouvrage,
De ma félicité tu feras le témoin,
Tu resteras ici : je ne souffrirai point...
ARCHAMBAUD.
Sire, si vous m'aimez, il faut vous y résoudre,
Votre refus pour moi seroit un coup de foudre,
Depuis long-tems ici ne faisant que languir,
Si j'y reste, bientôt vous m'y verrez mourir.
RANULPHE.
J'entends du bruit, on vient.
CLOVIS.
Que vois-je ? ah ! c'est la Reine !
ARCHAMBAUD à part.
Juste Ciel !

SCENE IV.

CLOVIS, ARCHAMBAUD, BATILDE revétue des habits royaux, RANULPHE.

CLOVIS à *Batilde.*

Que le sort à propos vous améne,
Madame, oui, malgré nous il prétend nous quitter,
C'est un projet, dit-il, qu'il veut exécuter.
Mais faites mieux que moi, tachez de le réduire ;
Pour peu sur son esprit que vous ayez d'empire,
J'espére que cédant à notre intention,
Il daignera changer de résolution ;
Sortons tous deux, Ranulphe, & laissons-les ensemble.

SCÉNE V.

ARCHAMBAUD, BATILDE.

ARCHAMBAUD, à part.
Dieu ! que je suis ému ! je frissonne & je tremble.
(*Tous deux troublés, & n'osant jetter les yeux l'un sur*

l'autre, ils expriment pendant quelques momens par leur si-
lence le désordre qui se passe dans leurs ames. Enfin, après
un profond soupir, Batilde en tremblant, & d'une voix en-
tre-coupée parle la prémiere.)

BATILDE.

Quoi! vous pourriez, Seigneur, vous féparer de nous?
Le Roi qu'avec raifon votre projet étonne,
Par ma bouche vous prie, ou plutôt vous ordonne
De garder un emploi qui n'appartient qu'à vous.
Votre mérite, moi, tout vous y follicite.

ARCHAMBAUD.

Mon zéle, mon amour, voilà tout mon mérite,
Madame, & croyez bien qu'attachés à leur Roi,
Prefque tous les fujets jaloux de fon eftime,
Brulans pour le fervir du feu qui les anime,
Peuvent s'en acquiter tout auffi bien que moi.

BATILDE.

Quelques raifons, Seigneur, que vous puiffiez me dire,
Non, jamais Archambaud ne fera remplacé·

ARCHAMBAUD.

Hélas! que mon fervice eft bien récompenfé!
L'éloge de ma Reine a droit de lui fuffire,
Et s'il ne m'eft point dû, tout au moins il m'infpire
Le defir de pouvoir un jour le mériter.
Cependant ...

BATILDE.

Quoi, Seigneur, vous ofez réfifter!
Faudra-t-il qu'à mes vœux je joigne ma priére?
Ou que je vous en prie encore au nom du Roi?

ARCHAMBAUD.

Priéres, dites-vous? Ah faites-moi la Loi:
Adorée à jamais de la Neuftrie entiére,
Vos ordres en tout tems feront facrés pour moi.

BATILDE.

Si le nom de Clovis pouvoit n'y pas fuffire,
J'y joins celui d'Emma.

ARCHAMBAUD *furpris.*

Que voulez-vous me dire?

BATILDE.

Qu'Emma fur votre cœur ayant plus de pouvoir,
Sa médiation pourroit vous émouvoir.

ARCHAMBAUD.

Ha! connoiffez-vous mieux, jugez mieux de vous-même,
Madame, affurez-vous qu'à part le droit du fang
Qui vous met fur le trône & vous éléve au rang

Où vous partagerez l'autorité suprême,
Batilde sur mon cœur seule a plus de pouvoir
Que l'univers entier. Et pour le concevoir,
Apprenez... (*Il se trouble*) ma parole expire sur ma bouche ;
Ah ! Madame ! pour peu que mon état vous touche,
Jugez-en si mon cœur peut prendre du plaisir
A vous contrarier & vous désobéir.

BATILDE.
Mais d'où vient ce chagrin qui rend votre ame émue ?

ARCHAMBAUD *regardant Batilde & soupirant.*
Sa cause dès long-tems doit vous être connue.

BATILDE *interdite.*
Que dites-vous ?

ARCHAMBAUD..
Je dis, (*Il tombe à ses pieds.*)

BATILDE *avec un cri.*
Seigneur, que faites-vous ?
(*Elle le relève.*)

ARCHAMBAUD.
De grace, laissez-moi mourir à vos genoux,
Ou tout au moins souffrez par l'aveu d'une flamme
Que j'ai tenu long-tems renfermé dans mon ame,
Que mon cœur jusqu'ici contraint à se cacher,
Puisse dans votre sein à la fin s'épancher.
Je sais que mon offense est indigne de grace,
Mais c'est le pur amour qui cause mon audace :
Oui, Madame, à vos pieds vous voyez prosterné
L'amant de l'univers le plus infortuné,
Qui déjà dans le tems que vous portiez des chaînes,
D'un amour violent souffrant toutes les peines,
Plus esclave que vous malgré tous vos revers
Vous adoroit tout bas & chérissoit ses fers.
Malheureux que j'étois, jugez de mon martire !
Je devois soupirer sans pouvoir vous le dire,
Et de puissans motifs secrets jusqu'à ce jour
Vouloient que mon respect égalât mon amour.
Ranulphe m'apprenant par un aveu sincére
Qu'il bruloit comme moi du desir de vous plaire,
Quoique de son bonheur mon cœur étoit jaloux,
Je souhaitois pour lui qu'il devint votre époux.
Votre pere en mourant, plein de sa confiance,
M'instruisant de son nom & de votre naissance,
Ranulphe n'étoit plus au sang d'un Souverain
Digne de présenter ni son cœur ni sa main :

A cet inftant, pour moi tout eft changé de face,
Mon cœur dans fes defirs n'a rien qui l'embarraffe,
Et j'ofe me flatter que la fille d'un Roi
Ne dédaignera point de s'allier à moi.
Enfin, à mes fouhaits je voyois tout fourire :
Mais bientôt de fes feux le Roi daigna m'inftruire;
Dieu! quel revers pour moi! qu'il m'a couté de pleurs !
Je ne lui cachai point votre rang, vos malheurs...
A mon cœur, en un mot, ne faifant point de grace,
Le trône vous eft dû, c'eft moi qui vous y place,
Il ne me refte plus après mon défefpoir
Rien que le feul plaifir d'avoir fait mon devoir
C'eft tout ce que j'emporte. Hélas! je vous offenfe,
Je fais que trop long-tems j'ai rompu le filence;
Quoi qu'il en foit, pour moi c'eft un plaifir bien doux
De vous avoir appris que je mourrai pour vous...
Pardonnez-moi, c'eft tout ce que vous pouvez faire,
Car mon prochain départ bientôt va vous fouftraire
A l'afpect des tourmens qui creufent mon tombeau,
Et que je vais trouver dans un climat nouveau.
Mais que vois-je! grand Dieu! quel finiftre préfage!
Les ombres de la mort couvrent votre vifage!
ô Ciel !

BATILDE.

Qu'ai-je entendu? que m'avez-vous dit là ?
Vous m'aimiez, Archambaud, vous n'aimiez point Emma:
Vous crutes que Ranulphe auroit pu me féduire,
Hélas ! de mon amour devois-je vous inftruire ?
Quel autre qu'Archambaud auroit pu me charmer!

ARCHAMBAUD.

Qu'entens-je ! où fuis-je ! ô Ciel ! Batilde a pu m'aimer!

*(Ils reftent tous deux comme anéantis : Batilde jette les
yeux de tous côtés, & les fixant fur Archambaud,*

BATILDE.

Vous m'aimiez !

*(Elle s'arrête un inftant : on voit qu'il fe prépare dans fon
ame nne révolution furnaturelle.)*

Calmons-nous, prenons tous deux féance,
(Ils s'affèyent tous deux)
Ne m'interrompez point, & gardez le filence,
Oubliez que le fort me lie au fang des Rois;
Batilde va parler pour la derniere fois...

Oui, je ne rougis point de l'aveu de ma flamme,
Archambaud, fans remords je vous ouvre mon ame,
Oui, j'ai brulé pour vous, mais grace à ma vertu,
Par elle mon amour fut toujours combattu.
Mes feux toujours nourris dans l'ombre du filence,
De mon pere & d'Emma trompoient la vigilance,
Pour perfonne en ces lieux je n'avois des égards,
Et je me cachois même à mes propres regards.
Rappellez-vous, Seigneur, que Batilde contrainte,
Vous voyoit en tremblant, vous fervoit avec crainte,
Et qu'en vous approchant, une prompte rougeur
Imprimoit fur mon front le teint de la pudeur.
Dernièrement encor, faut-il que je le dife !
Dans un tranfport d'amour mon pere m'a furprife;
Hélas ! à fes regards ne pouvant me cacher,
Et mon cœur dans le fien n'ofant point s'épancher,
Je lui diffimulai l'objet de ma trifteffe,
Il penfa que Ranulphe excitoit ma tendreffe,
Et fur cet objet là me fit bien des leçons:
Mais que la vérité démentoit fes foupçons!

ARCHAMBAUD.

Vous ne l'aimiez donc point?

BATILDE.

       Non : je puis même dire
Bien loin que fur mon cœur il eut le moindre empire,
Que de tous les mortels que je vois en ces lieux,
Ranulphe à tous égards m'eft le plus odieux...
Une trifte langueur s'empare de mon ame,
Elle étoit bien la fuite & l'effet de ma flamme,
Et fans vous, dont l'afpect a fait changer mon fort,
Elle m'auroit conduite au féjour de la mort...
Vous nous affranchiffez & vous brifez nos chaînes;
Cet acte généreux loin d'adoucir mes peines,
Seigneur, ne fit encor qu'accroître mon tourment.
Mon pere profitant de cet événement
Qui le rend à lui-même & dans l'indépendance,
Sans fonger aux moiens de notre fubfiftance,
Veut fortir de ces lieux & vous délaiffer tous.
Ah! qu'il m'en eut couté pour m'éloigner de vous!
Jaloufe fur Emma, mon défefpoir redouble,
Et cette paffion m'infpire un nouveau trouble.
Je croyois qu'elle feule avoit pu vous charmer.

ARCHAMBAUD.

Ah ! quelle autre que vous auroit pu m'enflammer!

BATILDE.

Ecoutez donc : j'attends de votre complaisance
Que vous gardiez encore un inftant le filence :
Oui, Seigneur, je croyois qu'elle étoit toute à vous,
Et que dans peu de tems vous feriez fon epoux...
Alors vous m'annoncez de qui je tiens la vie,
Les revers, les malheurs dont elle fut fuivie,
Et que plaifant au Roi, fans regret, fans détour,
Je devois à fes vœux immoler tout amour.
Je crus à cet inftant dans l'excès de ma peine,
Que vous n'aviez pour moi que mépris & que haine;
Enfin à cet avis qui fembloit m'annoncer
Que pour toujours à vous je devois renoncer,
J'obéis; & bientôt vous connoîtrez pour Reine
Celle qui fous vos loix, condamnée à la chaîne,
Vous auroit préféré même en portant vos fers
Au Roi le plus puiffant de ce vafte univers.
(Archambaud tombe à fes genoux.)

BATILDE *le relevant.*

Songez que cet aveu de ma vive tendreffe
Qui vient de vous prouver mon ancienne foibleffe,
Eft le dernier effet d'un amour aux abois.
Batilde vous parla pour la derniere fois.
A l'inftant, Archambaud, par le nœud d'hymenée
Qu'à Clovis pour toujours je vais être liée,
De la Reine fur vous m'arrogeant tous les droits,
Ecoutez-moi, Seigneur, & refpectez mes loix.
Dès ce moment, à part tout fentiment frivole,
Je fuis toute à Clovis, à lui feul je m'immole,
Le bien-être du Roi, celui de fes fujets
De mon cœur tout pour eux font déjà les objets.
Oui, voilà tous les vœux qui rempliffent mon ame.
Que le même defir, Archambaud, vous enflamme;
Il faut dans mes deffeins, m'aider, me foutenir,
Et loin de votre cœur tacher de me bannir.
C'eft par vous qu'aujourd'hui je monte fur le trône,
Mais je compte pour rien l'honneur qui m'environne,
Si lorfque je vous prends pour confeil, pour appui,
Le peuple par nos foins n'eft heureux aujourd'hui.
En peu de mots, voilà ce que je dois vous dire,
Voilà les fentimens que la vertu m'infpire,
Votre gloire & l'honneur vous font auffi la loi
De vivre pour l'Etat & de vous joindre à moi.
De vos brillans emplois gardez de vous démettre,

Soyez toujours, Seigneur, l'appui de votre maître,
Soyez toujours ainſi que vous avez été
Un exemple de zéle & de fidélité.
Qui commence un ouvrage eſt celui qui l'achève.

ARCHAMBAUD.

Ah ! Madame, je ſens mon ame qui s'éléve ;
Par vous vers la vertu je me ſens émouvoir,
Jugez ſi ſur mon cœur vous avez du pouvoir.
Du ſort qui m'attendoit ma Reine me délivre,
Je m'arrache au tombeau pour m'efforcer de vivre :
Dans mon ferme propos rien ne m'arrête plus,
Je vais vous admirer, imiter vos vertus,
Suivre les ſentimens que votre exemple inſpire,
M'occuper tout entier du bonheur de l'Empire,
Me rendre digne enfin d'attirer vos regards,
Et qu'à jamais ma Reine ait pour moi des égards.
A ſuivre ces projets, pour toujours je m'engage.
Qu'exigez-vous de plus, Madame ?

BATILDE.

D'avantage,
Seigneur, je veux encore & je vous fais la loi
D'éteindre outre l'amour que vous aviez pour moi,
Tout juſqu'au ſouvenir encor qui vous en reſte,
Qui pourroit aiſément vous devenir funeſte,
Répandant ſur les jours qu'il vous reſte à paſſer
Mille peines que rien ne pourroit effacer.
Qu'enfin vous épouſiez...

ARCHAMBAUD.

N'achevez pas, Madame,
N'allez pas augmenter le trouble de mon ame ;
Je ſens à ce propos tout mon ſang s'arrêter,
Et déjà contre vous mon cœur ſe révolter...
Quoi ! ce n'eſt point aſſez de ſupporter la vie,
De vous voir par le ſort d'entre mes bras ravie,
Approcher de l'autel, & par un nœud fatal
Fonder ſur mes tourmens le bonheur d'un rival !
Quoi ! ce n'eſt point aſſez d'un pareil ſacrifice !
Vous voudrez que je ſouffre un plus rude ſupplice,
Que du fond de mon cœur je cherche à vous bannir ;
Que n'ayant plus de vous le moindre ſouvenir,
Lorſque j'ai pu toucher un cœur comme le votre,
Et dont j'étois aimé, j'aille offrir à quelqu'autre
Le mien qui ne reſpire & ne vit que pour vous !
Ah ! de ſes ſentimens mon cœur eſt trop jaloux.

Demandez-lui mon fang, demandez-lui ma vie,
Il n'eft rien que d'abord il ne vous facrifie,
Madame, & loin qu'il aime à vous défobéir,
Il voudroit en tout cas pouvoir vous prévenir;
Mais contre ce propos, fouffrez qu'il fe rebelle,
Et croyez-le pour vous fi conftant, fi fidéle,
Que quoique vous difiez il ne pourra changer,
Et qu'une autre que vous ne fauroit l'engager.
Mais je vous vois pleurer & fondre toute en larmes!
BATILDE.
Ah! c'eft vous, Archambaud, qui caufez mes alarmes;
Mais ne les voyez point, n'en foyez point jaloux,
Et ne m'expofez plus à rougir devant vous.
Succombant avec peine au deftin qui m'accable,
Croyez que je ne fuis déjà que trop coupable,
Et laiffez à mon cœur de remords combattu
Conferver s'il fe peut un refte de vertu...
Archambaud, s'il eft vrai que vous m'aimez encore.
ARCHAMBAUD *pleurant.*
Que je vous aime ! hélas!
BATILDE.
      Seigneur, ... je vous implore,
Vous ne me ferez plus effuier ces tourmens,
Et fourd à mes foupirs, à mes gémiffemens,
Sans m'expofer encore à cette rude épreuve,
Vous oublierez Batilde , & pour derniere preuve
Dès aujourd'hui pour moi vous irez à l'autel
Où vous me jurerez un filence éternel,
Prendre pour femme Emma, qui vous chérit, vous aime,
Qui m'inftruifit pour vous de fa tendreffe extrême,
Avec qui librement vous pouvez vous lier,
Sans appréhenfion de vous méfallier.
Ayant depuis long-tems acquis fa confiance,
Autant que fes vertus je connois fa naiffance.
Enfin, à tous égards, étant digne de vous,
Je vous prie, Archambaud, devenez fon époux.
N'exigez pas encor que je vous le répéte.
ARCHAMBAUD *après un inftant de filence.*
Madame, c'en eft fait, vous ferez fatisfaite:
Oui, je vous obéis & je me fais la loi,
De ne voir plus en vous que l'époufe d'un Roi
Digne qu'à fon afpect toute la terre entiere
Fléchiffe, s'humilie & baife la poufliere,
En voyant un objet de vénération,
D'hommage, de refpect & d'adoration.

A vos defirs enfin tout entier je m'immole,
Et d'époufer Emma je vous donne parole ;
J'étoufferai, j'efpére, à force de vertus,
Ce penchant, cet amour qui ne me convient plus.
Faifant notre bonheur de celui de la France,
Nous finirons nos jours dans la douce efpérance
De trouver dans le fein de l'immortalité
Le prix que nos vertus nous auront mérité,
Et dont je veux vous être à jamais redevable,

   BATILDE.
Que j'informe le Roi de ce projet loüable ;
Je crois qu'à revenir il ne tardera pas,
Allons, courons tous deux au-devant de fes pas.
J'entends du bruit, c'eft lui, je crois.

 (*Le Théâtre s'ouvre ; on voit dans l'enfoncement le trône
de Clovis.* CLOVIS *en defcend & s'avance fur la Sçêne
fuivi de fes Courtifans,* de GALSONTE, *d'*EMMA*, de*
RANULPHE *& de fes Gardes.*

<hr>

SCENE DERNIERE.

CLOVIS, ARCHAMBAUD. BATILDE,
GALSONTE, EMMA, RANULPHE,
SUITE DE COURTISANS, GARDES.

   CLOVIS.

E H bien, ma Reine ?
  BATILDE.
Sire, que le deftin à propos vous ramène !
   CLOVIS.
Le fuccès à vos foins a-t-il correfpondu ?
   BATILDE.
Oui tout-à-fait, le Maire à vos vœux eft rendu.
   CLOVIS.
Seroit-il vrai ?

   BATILDE.
 Très-vrai, qu'il le dife lui-même.
   ARCHAMBAUD.
Oui Sire, pardonnez à ma foibleffe extrême
Un projet que mon cœur n'adopta qu'un inftant,

Et dont vous me voyez confus & repentant.
CLOVIS.
Ah! Madame, comment pourrai-je reconnoître
Tout ce que je vous dois?
(*A Archambaud.*)
Viens, embraffe ton maître,
Archambaud, remets-toi, tache de recéler
Les pleurs que de tes yeux tes remords font couler.
J'aime à te pardonner, que rien ne t'embarraffe.
BATILDE.
De lui j'obtins encore une feconde grace,
Sire, qu'aucun ici ne devineroit pas.
CLOVIS.
Vous m'intriguez, Madame, achevez donc.
ARCHAMBAUD, *à part.*
Hélas !
BATILDE.
Vous ignorez d'Emma le rang & la naiffance:
CLOVIS *regardant Emma.*
Son afpeԁ feulement borne ma connoiffance,
(*Emma fait une révérence au Roi.*)
Elle a porté des fers, c'eft tout ce que j'en fais.
BATILDE.
Oui, Sire, elle a fervi, mais fes chaînes jamais
N'ont avili le fang dont elle eft defcendue :
Malheureufe avec moi, fachez qu'elle eft iffue
D'un pere refpeԁable & d'illuftres ayeux
Qui tinrent dans le monde un état glorieux.
CLOVIS.
Je le crois, achevez, ce n'eft point tout, Madame.
BATILDE.
Emma m'ayant fait part des fecrets de fon ame,
Et que pour Archambaud fon cœur depuis long-tems
Renfermoit & cachoit de tendres fentimens,
Dans ce long entretien & cette conférence
Qui dura tout le tems qu'a duré votre abfence,
Le Maire à mes defirs n'ofant rien refufer,
Touché de fon amour, confent à l'époufer.
EMMA.
Qui ! moi ! vous avez dit? ah! j'en rougis !
ARCHAMBAUD *à Emma.*
Madame,
Croyez que fi j'avois pu lire dans votre ame
Les tendres fentimens que vous aviez pour moi,

Mon cœur depuis long-tems vous eut juré fa foi.

    CLOVIS.
Ah ! jour cent fois heureux ! à jamais mémorable !
Je trouve dans Batilde une époufe adorable,
Qui d'un heureux hymen prévenant les effets,
Sait déjà s'affervir le cœur de mes fujets.
Allons donc affurer notre foi mutuelle,
Sur le trône, voyez l'hymen qui nous appelle,
Il va mettre le fceau, malgré tous les jaloux,
Au ferment que j'ai fait d'être toujours à vous.

        (*A Archambaud.*)
Puifqu'aux defirs d'Emma l'amour vous rend propice,
Suivez, & comme nous que l'hymen vous uniffe ;
Je fouhaite ardemment que vous puiffiez tous deux
Jouïr ainfi que nous du fort le plus heureux.

        RANULPHE.
Ce font auffi mes vœux ; au bonheur de leur vie,
Mon cœur en ce moment ne porte plus d'envie,
Et loin qu'il foit encor de regrets combattu,
Il voit avec plaifir couronner la vertu.

            F I N.

APPROBATION.

J'ai lu Batilde, ou l'Héroïfme de l'A-
mour, Drame en trois Actes & en Vers par Monfieur
Dumaniant &c. . . . & j'en permets l'impression.
À Paris, ce . . juin 1775.

                            DE BRETIGNIES.

www.ingramcontent.com/pod-product-compliance
Ingram Content Group UK Ltd.
Pitfield, Milton Keynes, MK11 3LW, UK
UKHW020932120726
13693UKWH00003B/1279